बर्फ के अंगारे

AF613097

रानू

www.diamondbook.in

© प्रकाशकाधीन

प्रकाशक : डायमंड पॉकेट बुक्स (प्रा.) लि.
X-30 ओखला इंडस्ट्रियल एरिया, फेज-II
नई दिल्ली-110020
फोन : 011-40712200
ई-मेल : sales@dpb.in
वेबसाइट : www.diamondbook.in

मुद्रक : रेप्रो (इंडिया)

Baraf Ke Angare
By : Ranu

प्रकाशक की ओर से दो शब्द

इसमें कोई संदेह नहीं कि प्रेम ही संसार की सबसे कीमती वस्तु है और अनेक यप हैं इसके। प्रेम में ही भगवान हैं, शायद इसीलिए भगवान उस इंसान को कभी क्षमा नहीं करता जो इसका दुरुपयोग करे।

कमल ने भी एक ही पाप किया था। नीली के लिए उसने रूपा को धोखा दिया और रूपा के लिए नीली को। परिस्थितियों में वह ऐसा जकड़ता चला गया कि दोनों ही उसके दिल की धड़कने बन गईं और उसे इस पाप की सजा मिली–सख्त से सख्त सजा, जो उसे इस संसार का समाज तो नहीं दे सकता था, परन्तु इसके सुष्टिकर्त्ता ने उसे अवश्य दी।

यदि आप चाहते हैं कि इसी तरह के रोचक उपन्यास आपको घर बैठे प्राप्त होते रहें तो आप डायमण्ड पॉकेट बुक्स द्वारा संचालित **'अपने घर में अपनी लायब्रेरी योजना'** के सदस्य बन ाजयें। इस योजना के अन्तर्गत हर महीने 50 रुपये के उपन्यास 45 रुपये की वी.पी. से भेजे जाते हैं। डाक–व्यय फ्री। सदस्य बनने के लिए सदस्यता शुल्क दस रुपये मनीआर्डर से भेजें।

आशा है, आप भी लाखों पाठकों की तरह इस योजना से लाभ उठाएंगे।

–प्रकाशक

बर्फ के अंगारे

यहां एक पहाड़ी इलाका है। समय से पहले ही यहां का वातावरण बदल जाना बहुत साधारण सी बात है।

आज भी शाम धुंधला गई। सूर्य का कहीं चिन्ह भी नहीं बचा, किन्तु फिर भी उसकी करवटों का अनुमान इसलिए होता था क्योंकि बादलों की ओढ़नी सुर्ख थी, पहाड़ों की चोटियों से अब तक रंगीन सोते फूट रहे थे, देवदार तथा चिनार की कांपती पत्तियों पर अब भी शाम की लालिमा शेष थी। पक्षी अपने-अपने नीड़ों में फड़फड़ा रहे थे। पशुओं ने ठंड से सुरक्षित स्थानों में पैर पसार रखे थे।

आजकल ठण्ड नहीं पाला पड़ रहा था। ऐसा प्रतीत होता था मानो आज रात ओले पड़ने वाले हैं। बर्फ का तूफान आने वाला है। ऐसी ठंड तो कभी नहीं पड़ी, शायद पिछले बीस-बाईस वर्ष के बाद ही इस मौसम में ऐसी बर्फ पड़ने का अनुमान लग रहा था।

जब वातावरण ने कुहरे को गले लगाना आरम्भ किया तो रहा-सहा प्रकाश भी घृणा से मुंह फेरक चलता बना। हर दिखाई पड़ती वस्तु का दम घुट गया। कुहरे की गर्भ में इलाके का एक-एक चप्पा डूब गया। यह पहाड़, पहाड़ियां देवदार और चिनार तथा इनके दामन में बहती झील भी अदृश्य होने लगी।

झील के किनारे एक शिकारे पर एक बूढ़ा मांझी बैठा कांप रहा था। यात्रियों की उसे आशा थी ताकि उन्हें सैर कराकर वह कुछ पैसे कमा सके, इन पैसों से अपने लिए रोटी का कुछ साधन उत्पन्न कर सके। परन्तु अचानक ही उसने वातावरण में इतना बड़ा परिवर्तन देखा तो वह निराश हो गया। विश्वास हो गया कि अब कोई ग्राहक नहीं मिलेगा, इलाके का कोई भी यात्री इतनी ठंड में इस शिकारे से नीचे उतरकर इसे समीप के खूंटे से बांधने की सोच ही रहा था कि तभी एक बहुत ही पतली तथा सुरीली आवाज सुनकर चौंक पड़ा।

'बाबा, हम इस झल की सैर करना चाहते हैं।'

आवाज कुछ जानी-पहचानी सी थी, कुछ ऐसी ठंडक लेकर यह आई कि उसके कानों में प्रवेश करके सीधी दिल की गहराई तक चली गई।

उसने दृष्टि उठाकर देखा। सामने एक नौजवान जोड़ा खड़ा उसके उत्तर की प्रतीक्षा कर रहा था। आवाज में वह खोकर रह गया, मानो अकस्मात् ही कुछ सोये तार बजकर खामोश हो गए हों। लड़की ने अपने मुखड़े को एक सफेद फरदार कार्डिगन के ऊंचे कालर से भली-भांति ढंक रखा था किन्तु फिर भी जाने क्यों उसे देखते ही एक बार उसके दिल के अन्दर एक विचित्र-सी धड़कन ने जन्म लिया। लड़की के दूध से सफेद मुखड़े को वह निहारता ही रह गया, विस्मित-सा।

'बाबा।' इस बार उस लड़की के साथ खड़े लड़के ने कहा, कुछ तेज स्वर में, 'हम इस घेल की सैर...।'

'ओह!' वह चौंक पड़ा, मानो कोई सपना देख रहा था, 'आओ-आओ मेरे बच्चो, आओ...।'

और फिर तुरन्त ही उसने शिकारे को किनारे के समीप खींचा। बोला, 'बैठो बेटा, बैठो-बैठो।'

उनके शिकारे पर बैठते ही उसने चप्पू संभाल लिया। एक झटके के साथ जब अपने शिकारे को झील के गहराव की ओर धकेला तो उसके सिर के सफेद लम्बे बाल कांधे पर स्प्रिंग के समान झूल उठे। अपने होंठों को उसने चबाया तो तितर-बितर झाड़ी के समान दाढ़ी के मध्य उसका झुर्रीदार मुंह और भी ढंक गया। एक बार खांसकर जब वह बल खाया तो उसके शरीर पर टाट का लबादा एक ओर ढुलक गया, जिसे उसने दम फूलती सांसों तथा कांपते हाथों से फिर अपने शरीर के चारों ओर लपेट लिया ताकि ठंड उसे अनपी लपेट में न ले सके। ठंड अब भी बढ़ती ही जा रही थी।

छोटी-सी नाव-केवल दो व्यक्तियों की सैर करने योग्य वह शिकारा था, जो आगे बढ़ने लगा-हौले-हौले चप्पू की हल्की-हल्की ताल पर छप... छप. .. छप.... और फिर कुछ पल ही बाद चंद्रमा ऊपर आने लगा। चन्द्रमा के साहस पर कोहरा कम होता हुआ लगभग लुप्त-सा हो चला। आस-पास के पहाड़ों में अब सुनहरी चमक-सी झलकने लगी थी। देवदार और चिनार के वृक्ष दिखाई पड़ने लगे थे। झील के किनारे स्पष्ट हो चले थे। उसने अनुमान लगा लिया कि यह कोहरा अभी और छंटेगा और कम होगा, बिल्कुल और दिनों के समान इतना हल्का यह हो जायेगा कि सारा इलाका चांदनी से धुलकर

स्वच्छ तथा सुन्दर चमकने लगेगा।

वे दोनों अंग्रेजी में बातें कर रहे थे, शायद इसलिए कि आज के युग की की मांगों से वे पूर्णतया सहमत थे, या फिर शायद अंग्रेजी में बात करना इनके लिए एक फैशन हो और या फिर शायद इसलिए अंग्रेजी में वे बात कर रहे थे ताकि वह बूढ़ा मांझी उनके प्रेम-वार्त्तालाप को समझ न सके। उनके विचार में वह बूढ़ा मांझी एक अनपढ़ तथा जाहिल पहाड़ी था। शायद जीवन भर वह एक मांझी रहा होगा। उसका काम ही यह था।

उनकी बातों से उसने अनुमान किया कि किसी यूनिवर्सिटी के विद्यार्थी हैं। इस इलाके में कुछ विद्यार्थियों का एक कैम्प लगा है, जो शायद पहाड़ी पर किसी विषय को लेकर रिसर्च करने आए हैं। इस समय बाकी विद्यार्थी शायद बढ़ती हुई ठंड का भय प्रतीत करके ही अपने कैम्प से नहीं निकले थे। इनका इस प्रकार यूं निकल आना इस बात का प्रतीक था कि वे अभी अविवाहित हैं, एक-दूसरे से अत्यधिक प्रेम करते हैं तथा प्रेम की वह दीवानगी उन्हें कभी भी, किसी भी समय विवाह पर मजबूर कर सकती है।

जाने कितने ही यात्री यहां बराबर ही सैर के लिए आते हैं परन्तु उसने आज तक किसी भी बात में कोई रुचि नहीं ली थी किसी के वार्त्तालाप पर उसने कभी ध्यान ही नहीं दिया था। परन्तु आज अनिच्छुक होते हुए भी वह जाने क्यों उनकी एक-एक बात को बहुत ध्यान से सुनने में मग्न हो गया, किन्तु अपने कानों को उनकी दृष्टि से बचानक रखते हुए ही और इसके लिए उसे कभी-कभी अपनी आंखें आकाश की गोद में बहते पूर्णिमा के चन्द्रमा पर भी उठा लेनी पड़ती थीं ताकि उन्हें उसके ध्यान पर किसी प्रकार की शंका करने का अवसर न प्राप्त हो। पूनम का चांद घटते कोहरे की दीवार के पीछे इस प्रकार लजाव सिमटता जा रहा था मानो कोई नई-नवेली दुल्हन ही बिल्कुल उस लड़की के समान जो सामने बैठी अपनी प्रेमी की बात पर स्वयं में सिमटती चली जा रही थी।

वह प्रतीत कर रहा था कि उसने इस लड़की की यह आवाज कहीं सुनी है, आज से पहले उसने अवश्य ही या रूप कहीं देखा है। कहां? कब? वह याद करने असमर्थ था। किन्तु उसका विश्वास दृढ़ होता गया कि वह इस लड़की को जनता है। उसकी आत्मा का कोई-नकोई सम्बन्ध इस लड़की से अवश्य है।

जब शिकारा झील के उस पार लगा तो उसने उनकी उस ओर भेज दिय

जहां पहाड़ों की गोद में एक बहुत पुरानी कब्र थी। इस इलाके का सबसे अधिक आकर्षण या कब ही है जिसे यहां के बूढ़े निवासी किसी बुजुर्ग की मजाक समझकर आदर देते हैं। जवान लड़के-लड़कियां इसे अपना प्रेम के बन्धनों का साक्षी बनाते रहते हैं। सभी निवास बहुत श्रद्धा से इस पर फूल चढ़ाकर मन्नतें मानते हैं प्रार्थनाएं करते हैं। कहते हैं कि इस मजार पर आकर जब भी मन्नत मानी जाये-वह अवश्य पूरी होती है। ऐसा हैं यहां के निवासियों का दृढ़ विश्वास है।

क्रमशः निवासियों ने रात के अंधियारे में दूर नदी के उस पार पहाड़ों की गर्भ में मजार के समीप, पीला-पीला सिसकता प्रकाश भी देखा था। परन्तु इसका भेद जानने का साहस अब तक किसी में इसलिए नहीं उत्पन्न हुआ था, क्योंकि इलाके का वातावरण अस्थिर था। विशेषकर मजा के समीप पहाड़ों के मध्य कभी भी बर्फ पड़ सकती थी। दूसरे ठंड भी इतनी अधिक थी कि इसको कुरेदने की किसी ने आवश्यकता ही नहीं समझी।

और सुबह, सूर्य उदय होने के पश्चात् जब लोग इस मजार पर फूल चढ़ाने या मन्नतें मानने जाते तो उन्हें रोज के समान इसके चारों ओर झाडू-सी लगी सफाई स्पष्ट दिखाई पड़ती। इसके सिरहाने चार ईंटों के क्षेत्रफल के बराबर एक पत्थर पर रखा हुआ एक बुझा दीप रात भर की कहानी को छिपाए खामोशी से सिसकता मिलता। इसकी किनारी पर बर्फ की एक हल्की-सी परत जमी रहती। इसके अन्दर के बचे हुए तेल की सतह पर भी बर्फ की नन्हीं-नन्हीं बूंदें उस समय कांप उठतीं जब हवा का एक साधारण-सा झोंका इसकी खामोशी को भंग करने की चेष्टा करता। रात की पड़ी हुई बर्फ सुबह यूं खिल उठती मानो प्रकृति ने स्वयं ही हाथ बढ़ाकर बहुत श्रद्धा से इस पर बर्फ के फूल चढ़ा दिए हों।

बाईस वर्ष पहले भी इस मजार का बिल्कुल यही महत्व था और आज भी इसका महत्व उतना ही है। आज इस इलाके का नाम नील नगर है परन्तु बाईस वर्ष पहले इसका नाम बूटी नगर था। बूटी नगर पर्वतपुर का एक छोटा-सा गांव था। पर्वतपुर में और भी कई छोटे-छोटे पहाड़ी इलाके हैं, छोटी-छोटी बस्तियां, गांव और असभ्य तथा अशिक्षित निवासी थे। आज सरकारी योजनाओं के अनुसार सब कुछ बदला-बदला-सा है। यहां चौड़ी-चौड़ी ऊंची-नीची सड़कें हैं, मालरोड है और महात्मा गांधी रोड है। रोटरी क्लब और जिमखाना है। बड़े होटल, रेस्ओरेन्ट और अगिनत गेस्ट हाउस हैं, बाहर से यहां

आकर बसने वालों के सुन्दर फ्लैट्स हैं, पार्क, पिकनिक स्पाट्स, कृत्रिम झरने, सिनेमा घर तथा सभी प्रकार की सुविधाएं हैं। गर्मी के दिनों में यहां इतनी अधिक भीड़ लगती है कि यात्रियों के ठहरने का प्रबन्ध उचित नहीं हो पाता। पूरे देश में पर्वतपुर का यह नील नगर अपनी सुन्दरता की उपमा नहीं रखता है। हिल स्टेशन के समक्ष लोग इसे पहाड़ों की रानी बताकर सम्मानित करते हैं।

परन्तु आज से लगभग बाईस वर्ष पहले यहां कोई भी ऐसी सुविधा नहीं थी। तब यह बूटी नगर के नाम से प्रचलित केवल एक गांव ही था। परन्तु तब यह प्रकृति की वास्तविक वेश-भूषा से अवश्य सुसज्जित था। चारों ओर पहाड़-ही-पहाड़ थे, ऊंचे-ऊंचे देवदार और चिनार के वृक्षों से यह एक जंगल प्रतीत होता था। दूर तक फैली हुई झील में तब बहुत कम लोग सैर करने की इच्छा से आते थे। तब पर्वतपुर स्टेशन से इस गांव तक आने के लिए सिवाय टट्टू तथा छोटे-छोटे मरियल घोड़ों कम ही आते थे, क्योंकि ठहरने के लिए भी यहां केवल एक ही डाग बंगला तथा दो गेस्ट हाउस थे। यह भी गर्मी के अतिरिक्त पूरे समय खाली पड़े रहते थे।

कहते हैं कि बीस वर्ष पहले यहां पर राजस्थान के बहुत बड़े जागीरदार साहब आये थे। उनके कोई सन्तान नहीं थी इसलिए उन्होंने बूटी नगर की इस मजार पर जाकर मन्नत मानी थी कि यदि उनकी पत्नी की गोद भर गई तो वह इस इलाके को अवश्य ही बहुत सुन्दर बनवा देंगे। उनकी यह मन्नत पूरी हो गई तो उन्होंने अपना बहुत सारा धन लगाकर इस नगर का रूप ही बदल दिया। सरकारी योजनाओं में इसे सम्मिलित करके उन्होंने इस इलाके को देश के सबसे सुन्दर स्थान का गौरव प्रदान किया। बीस वर्ष पहले जो मांझी उन्हें अपने शिकारे में उठाकर झील के उस पर मजार पर ले गया था, उसकी अच्छा का आदर करते हुए उन्होंने इस बूटी नगर का नाम झील नगर में परिवर्तित कर दिया था। नील नगर की सुन्दरता से प्रभावित होकर पर्वतपुर के सभी छोटे-बड़े पहाड़ी इलाके सरकारी योजनाओं में आकर दिन पर दिन तरक्की करते चले गए।

जब वह जोड़ा किनारे उतरकर हल्की-सी चढ़ाई चढ़ते हुए पहाड़ों की गोद में लुप्त हो गया तो उस बूढ़े मांझी ने अपने पैरों को फैला लिया और आराम से किनारे पर अर्ध लेटा-सा उनके लौटने की प्रतीक्षा करने लगा। वह जानता था वह जोड़ा वहां जाकर क्या बातें करेगा। दोनों बाजार के सामने इन

पहाड़ों तथा आस-पास के देवदार या चिनार के वृक्षों को साक्षी रखकर जीवन भर एक-दूसरे के साथ देने की प्यार भरी कसमें खाएंगे और यदि अधिक भावुक हुए तो निश्चित ही वे यहां विवाह भी कर लेंगे। इस मजार की मांग ही ऐसी थी।

काफी देर बाद वे दोनों वापस आए तो मांझी उन्हें वापसी की ओर लेकर चल पड़ा।

छप....छप....छप।

छप....छप....छप।

शिकारा आगे बढ़ रहा था। बहुत धीरे-धरे।

और वे दोनों खामोश थे, परन्तु इस समय उनके होंठों पर प्रसन्नता की एक ठोस कंपन थी। उनके मुखड़ों में शांति के भाव थे। दिल की धड़कनों में ठहराव था, तो उन्हें अपनी मंजिल मिल चुकी हैं।

चन्द्रमा का भरपूर प्रकाश था और इलाके का एक-एक चप्पा इसके प्रकाश में नहा रहा था। देवदार और चिनार झूम रहे थे। शिकारे की डावाडोल ताल पर पहाड़ थिरक रहे थे। सफेद बादलों के घने टुकड़े आकाश का आंचल थामे एक ओर को बेमकसद भी भागते हुए सितारों की राहें रोशन करते जा रहे थे।

चप्पू ताल देते रहे और अठखेलियां करती नन्हीं-नन्हीं लहरें रौ में आकर उछल-उछल जाती रहीं। वह लड़की भी वातावरण से प्रभावित हुए बिना नहीं रह सकी। अपना एक हाथ उसने शिकारे से बाहर निकाल लिया और ठंडे-ठंडे पानी से खेलने लगी। उसकी कोमल उंगलियां चलती-फिरती मानो पानी की सतह पर खिंचे तारों को छोड़कर एक धुन उत्पन्न करने लगी थीं। हल्की-हल्की ताल देकर उसने बहुत ही धीमे-धीमे एक मोटी-सी गुनगुनाहट बिखेरी, मानो झील में शहर घोल रही हो। उसकी आवाज बहुत सुरीली थी, बहुत ही मधुर-जैसे धुन का सहारा लेकर यह दिल की गहराई को छू लेना चाहती हो, झील की तह तक पहुंच जाना चाहती हो।

वह गुनगुना रही थी। गुनगुनाते-गुनगुनाते उसका स्वर ऊंचा होकर शब्दों में, परिवर्तित हो गया। वह गाने लगी-

एक कली, नाजों से पली,
रहती थी कहीं गुलजारों में।
शर्मो-हया का आंचल थामे

मस्ती भरी बहारों में।।

उसने अपना दूसरा हाथ अपने प्रेमी की बांह में पिरो लिया। अपने संगीत में वह पूर्णतया खो गई, अपनी लय में डूब गई और उसकी लय, उसकी तान इलाके में दूर-दूर तक फैलती चली गई, वृक्षों की चोटियां चूमने लगी तथा पहाड़ों की गोद में से होकर गूंजती हुई वापस आने लगी।

मन्द-मन्द ये हवा के झोंके,
डाली-डाली झूम रही थी।
भीनी-भीनी उड़ी जो खुश्बू,
भंवरा आ गया उड़ के।।
पंछी ऐसा मस्त हुआ,
देख के इसका रूपो-रंग।
झूम-झूमकर लगा उड़ाने,
मन-ही-मन वह रंग-तरंग।।

शीघ्र ही चप्पा-चप्पा उसके संगीत की मधुर तान में डूब गया, उसके गले से निकलती शहर की मिठास से मुग्ध हो गया।

और स्वर भरी इस धुन ने उस बूढ़े मांझी के दिल के सोए तार को एक बार फिर झिंझोड़कर जगा दिया, कुछ इस प्रकार कि उसके शरीर के रक्त की एक-एक बूंद तक में बेचैनी की लहर दौड़ गई। दिल में एक विचित्र-सी पीड़ा का आभास हुआ। वह सोचने पर विवश हो गया। यह धुन, यह लय, यह संगीत उसने कहीं सुना है। अवश्य ही इस संगीत के एक-एक शब्द से उसके हृदय का कोई गहरा सम्बन्ध है। यह उसके होंठों की पुकार है, उसके दिल की धड़कन है, शरीर की आत्मा है।

तुन्द हवा का झोंका आया,
पगला पल भर दूर खड़ा।
बस इतने में आया माली,
और ले गया, कली उड़ा।।

और तब ही उसे तुरन्त याद आया, यह संगीत, इसके एक-एक शब्दों की लड़ियां, उसकी अपनी ही भावनाओं की तो देन हैं। वे दिन, वे हसीन दिन, जब वह अत्यन्त सुन्दर था, जवान था, तभी तो उसने इस गीत को लिखा था। स्वयं ही वह इसे लिखने के बाद दिन में कई-कई बार गाया करता था। यही धुन, यही लय, सब कुछ यही। साफ-साफ उसे याद आया। यह संगीत यह

गीत तो इन्हीं पहाड़ों की गोद में जन्मा था, आज से बाईस वर्ष पहले इन्हीं देवदार तथा चिनार की लम्बी-लम्बी छांव में पनपा था, इसी झील की सतह पर गले की सबसे अधिक मिठास में किनारों तक पैर जाया करता था और फिर एक दिन लगभग बाईस वर्ष पहले ही यहां दफन भी हो गया था, किन्तु आज-आज इस लड़की ने इस गीत को दोबारा छेड़कर एक और जन्म प्रदान कर दिया है- आखिर किस प्रकार? किस प्रकार इस लड़की को इस महत्वपूर्ण संगीत का ज्ञान हुआ? एक-एक शब्द को, एक-एक सुर को वह इस प्रकार गा रही है जैसे उसके साथ भी इस संगीत का जन्म हुआ है। आखिर यह किस प्रकार सम्भव है? किस प्रकार?

उसके मन में हजारों विचार तूफान बनकर आए जिनका वह एक हल भी नहीं निकाल सका। जिनके बारे में जानने को उसने जितना भी प्रयत्न किया, वह उतना ही उलझता गया। चप्पू पर उसके हाथ धीमे पड़ गये। शिकारे की गति में कमी आ गई।

परन्तु वह लड़की गा रही थी, बिल्कुल निश्चिंत-सी बिल्कुल खोई हुई थी, अपनी ही आवाज में मानो डूबी हुई थी।

छाया बस घनघोर अंधेरा,
कहां वह शबनम, कहां वह सवेरा।
चिड़ियों की चहकार कहां अब,
कहां रहा वह हेरा-फेरा?

उसकी आंखों में आंसू आ चले थे, जैसे समां के साथ उसका दिल भी प्रभावित होकर रो उठा है। बहुत ही मीठी गुनगुनाहट के साथ उसने इस संगीत को समाप्त कर लिया और जाने क्या सोचने लगी। पानी की सतह पर चलते हाथ अपने-आप ही ढीले पड़ गये थे।

एक पल को उस बूढ़े मांझी ने उस लड़की के मुखड़े पर छाई खामोशी को पढ़ना चाहा परन्तु जब असफल रहा तो अपने मन की उत्सुकता को वह छिपा नहीं सका।

'बेटी।' आखिर उसने पूछ लिया- 'यह संगीत तुमने किससे सीखा है?'

'यह संगीत?' वह मानो चौंक पड़ी। फिर खिलखिलाकर हंस पड़ी, 'यह गीत तो बाबा, मैंने अपनी मां से सीखा है।' वह मानो बहुत गर्व से बोली।

'अपनी मां से!'

'हां बाबा।' वह बोली- 'बहुत अच्छा गीत है न यह?'

परन्तु उत्तर देने के बजाए वह अपने उत्सुक विचारों के सागर में डूबकर बिल्कुल तह तक चला गया। सागर की इस तह में उसने बहुत कुछ ढूंढा भी और फिर शंका एक तिनका लिए वह सतह पर उमड़ा। उसने पूछा, 'बेटी, क्या तुम.... मेरा मतलब यदि तुम बुरा न मानो तो अपनी माताजी का नाम बता सकती हो?'

उस लड़की ने उसको बहुत गौर से देखा। उसकी चिन्तित दृष्टि तुरन्त ही उसके झुर्रीदार मुखड़े से अलग हट गई। चंद्रमा की ओर देखते हुए वह निःसंकोच यूं बोली मानो अपनी मां की प्रशंसा कर रही हो, 'मेरी मां का नाम मिसेज नीलम मेहरा है।'

'मिसेज नीलम मेहरा!' वह आश्चर्य से बड़बड़ाया, मानो स्वयं से ही कह रहा हो, 'कितना मिलता-जुलता नाम है- नीली... नीलम.... नीलम....नीली।'

उस लड़की के कान उसके होंठों से फूटते शब्दों को सुनने से वंचित नहीं रह सके। वह चौंक पड़ी।

'हां-हां बाबा।' वह झट बोली, ''पहले उनका नाम नीली ही था... जब उनका विवाह नहीं हुआ था।'

उसके दिल की धड़कनें और तेज हो गई। हजारों तूफान फिर उठे। उसने फिर उसमें गोता लिया। तह में पहुंचकर उसने जब अपनी आंखें खोलीं तो देखा स्मृतियों का धुंधलका छंट रहा है और तब ही एक अस्पष्ट तस्वीर उसके सामने आकर खड़ी हो गई। वह पहचानने का प्रयत्न करने लगा।

'बेटी।' कुछ देर बाद उसने फिर पूछा, 'क्या तुम्हार मां एक पहाड़वासी हैं?'

'हैं नहीं बाबा, थीं, पहले कभी किसी पहाड़ी इलाके में अवश्य रहा करती थीं।'

बूढ़े मांझी ने एक बार फिर सोचा।

'शायद तुम्हारी मां की आंखें नीली-नीली हैं, बिल्कुल तुम्हारे ही समान. .।' उसने फिर पूछा।

'हां, बाबा हां, तुम ठीक कहते हो।' वह लड़की बोली, 'उनकी आंखें ही नहीं, मुखड़ा भी बिल्कुल मेरे समान है।'

'हां।' लड़की को वह बूढ़ा गौर से देखता हुआ बोला, 'किन्तु तुम्हारे बाएं कान के नीचे गाल छूता हुआ वह काला तिल नहीं है जो तुम्हारी मां की सुन्दतरा का एक विशेष आकर्षण था।'

‘था नहीं बाबा है, कहो है।’ उस लड़की ने बहुत गर्व से अपनी मां की प्रशंसा की, ‘अब भी वह काला तिल उनके सफेद मुखड़े पर बहुत ही भला लगता है।’

‘क्या?’ चप्पू उसके हाथों में से छूटते-छूटते रह गए।

‘हां बाबा, मेरी मां अब तक उसी प्रकार सुन्दर है। ईश्वर करे उनकी आयु हजार वर्ष की हो!’

‘लेकिन...।’ कहते-कहते वह बूढ़ा मांझी सोच में डूब गया। उसे यह सब-कुछ एक स्वपन-सा प्रतीत हुआ।

परन्तु तभी वह लड़की भी चौंक पड़ी।

‘लेकिन बाबा।’ झट उसने पूछा, ‘तुम मेरी मां के बारे में इतनी सारी बातें क्यों पूछ रहे हो? तुम्हें मेरी मां के बारे में इतनी सारी जानकारी कहां से प्राप्त हो गई? तुम उन्हें जानते हो क्या?’

किन्तु उसके उत्तर देने से पहले ही शिकार ने धरती के होठ चूम लिए। वह लड़का अपनी प्रमिका को लेकर नीचे उतरा। उसने उसकी ओर एक सिक्का उछाला, कुछ इस प्रकार मानो वह मांझी एक भिखरी हो। अपनी बातों में उसकी प्रमिका को लगाकर उस मांझी ने उसे थोड़े समय के लिए प्यार के एक सुन्दर वातावरण से वंचित जो कर दिया था। उस लड़की ने चलते-चलते एक बार फिर उस बूढ़े से अपनी मां के बारे में पूछा, परन्तु वह इसे टाल गया। उत्तर में उसके होंठों पर एक दर्द भरी मुस्कराहट आकर पल भर को ठहर गई थी। शायद वह लड़की एक बार फिर अपना प्रश्न दोहराती, परन्तु उसका प्रेमी अधिक वहां नहीं रुक सका। अपनी प्रेमिका की कमर में हाथ डालकर वह उसे अपने साथ ले गया। समां इतना स्पष्ट निखर आया था कि अन्य विद्यार्थी अब किसी भी समय इस झील की सैर को यहां आ सकते थे। जब वे दोनों जाने वाली पगडंडी पर दूर पहुंचकर कोहरे में गुम हो गए तो वह वापस हुआ। शिकारा खेता हुआ वह फिर झील के उस पार उतरा। कब्र के सिरहाने जाकर वह यूं बैठ गया मानो बहुत दूर से थककर आया हो और सुस्ताना चाहता हो। अपने हाथों से वह कब्र पर बिखरे बर्फ के फूलों को बहुत देर तक मसलता रहा जो उसकी हथेली में आग के समान जल रहे थे तथा कांटों के समान चुभ रहे थे।

काफी देर बाद वह अपने शिकारे पर वापस आया। शिकारे को उसने एक युग बाद बहुत गौर से देखा। पुराना तथा घिसापिटा शिकारा, रंग फीका हो रहा

था। शिकारे को बीच झील में लाकर उसने इसे स्वतंत्र छोड़ दिया। चप्पू एक ओर डाल दिए और शिकारे की गहराई में धंस-सा गया। उसकी आंखों में आंसू आ गए। दिल में ऐसा दर्द उठने लगा जो बर्दाश्त से बाहर था। होंठ कांपने लगे मानो अपने दुर्भाग्य पर वह फूट-फूटकर रो लेना चाहता हो, शरीर बेजान-सा हुआ जा रहा था।

क्षितिज पर देवदार की ओट लेकर चन्द्रमा सिसक उठा था। तारे शबनम के आंसुओं से रो पड़े थे। बहते बादल स्थिर होकर अब आंसू बहा लेना चाहते थे। चारों ओर खामोशी थी, घोर सन्नाटा, जैसे इस इलाके में कोई रहता ही नहीं हो। एक आवाज, एक सांस भी कहीं शेष नहीं थी। ऐसा प्रतीत होता था मानों वातावरण ने उसके दिल की धड़कनों पर अपने कान रख दिए हों। उसे जीवन की कहानी को दोहराकर स्वयं सुनना चाहते हों।

नाव के किनारे पर उसने अपना सिर टेक दिया, आंखें पानी की सतह पर झुका लीं। घायल सा पड़ा वह एकटक सिसकती लहरों को देखने लगा। उसने देखा यह लहरे धीमे-धीमे करवट बदल रही हैं, इनके बहाव मे चपलता समा रही है। धीरे-धीरे यह मुस्कराने लगी हैं। मानों किसी दूर किनारे से यह मुस्कराते-मुस्कराते उसके समीप चली आ रही हैं, बिल्कुल समीप, उसकी पलकों की छांव में बिल्कुल इस प्रकार मानो दूर से एक-एक वर्ष पग बढ़ाकर उसके बिल्कुल समीप चला आया हो, एक-एक करके यह उसकी पलकों के नीचे जाते हुए बाइस वर्ष बन गए हों, बाइस वर्ष एक युग, एक जीवन था यह और वह बाइस वर्ष पहले के जीवन में पहुंच गया। लहरों की चपलता में उसने एक संसार देखा, एक जीता-जागता संसार, जो उसके जीवन की एक सबसे हसीन यादगार थी और सबसे भयानक परिणाम भी।

तब कॉलेज का युग था, कॉलेज का सुन्दर जीवन। छात्रों के जीवन से अच्छा-भला किसका जीवन होगा? कॉलेज की एक सोसायटी की ओर से कुछ लड़के-लड़कियां पिकनिक पर गए हुए थे।। एक बड़ी-सी झील, पानी का रंग हरा-भरा था, क्योंकि उस पर के ऊंचे-नीचे टीलों तथा पहाड़ों पर भी घास उगी हुई थी। अलग-अलग हरे-भरे वृक्ष छाए हुए थे। झील के किनारे बिछी हुई दरी पर रेडियोग्राम का शोर था। रंग-बिरंगे वस्त्रों में लड़के-लड़कियां थिरक रहे थे। जिन्हें अपने स्वास्थ्य पर अभिमान था, वे झील में डुबकियां लगाकर दूर-दूर तक निकल जाते थे। मनचली तथा शोख चुलबुली लड़कियां इन तैराकों पर पत्थर मारकर यूं गंभीर बन जाती थी मानों उन्होंने कुछ किया

ही नहीं हो।

और वह एक वृक्ष की जड़ पर अधलेटा सा पीठ को तने पर टिकाकर सामने रखे गिटार पर अपनी उंगलियां सहलाते हुए बहुत ध्यान से एक दृष्टिकोण में खोया हुआ था। उसके चबाते हेांठों में एक हल्की-सी, दबी-दबी मुस्कराहट थी, मानो अपने दिल के अंदर पलने वाली एक शरारत को वह वास्तविकता का रूप देना चाहता हो।

उसकी नजरों में कुछ लड़कियां थीं, लड़कियों के झुण्ड के बीच एक लम्बी-सी सुनहरी बालों वाली लड़की पर बार-बार उसकी दृष्टि गड़कर रह जाती थी। पक्षियों के समान वह चह-चहाकर अपनी सहेलियों से बात करने में लीन थी। तन पर काली रेशमी साड़ी, कटी आस्तीन का काला ब्लाऊज, पेट से काफी ऊंचा। ऐसा प्रतीत होता था मानों काले बादलों में बिजली चमककर ठहर गई हो। एक बार भी उस लड़की ने उसे नहीं देखा था। अपने ही संसार में वह बहुत मग्न थी। मन-ही-मन उसने उसका नाम दोहराया-रूपा। कॉलेज की सबसे सुन्दर लड़की थी, जिधर से निकल जाए बहार ही बहार छा जाये। जहां खड़ी होकर दो शब्द होठों से बोल दे, वहां चमन ही चमन खिल उठे। जहां मुस्करा दे, वहां फूल की पंक्तियां ही पंक्तियां हवा में बिखर जाएं। उसके स्वागत में लड़कों की आंखें बिछ-बिछ जाती थीं। प्रोफेसरों के दिल धड़कने लगते थे।

कॉलेज में रूपा ने इसी साल बी.ए. पार्ट वन में प्रवेश लिया थ और पहले ही दिन उसकी सुन्दरता की चर्चा इस प्रकार फैली थी कि उसे देखने के लिए लड़कों में एक व्याकुलता सी छा गई थी। रूपा की सुन्दरता वास्तव में छांट-छांटकर बनी थी, किन्तु फिर भी माथे पर एक सिलवट अवश्य पड़ी रहती। उसकी लापरवाही में एक प्रकार का गर्व था, अपनी सुन्दरता पर उसे आवश्यकता से कुछ अधिक ही गौरव था। किसी को भी वह खतिर में नहीं लाती। किसी से उसे संबंध भी नहीं था। एक बड़े बाप की बेटी होने के कारण कार से वह कॉलेज आती और पढ़ाई समाप्त होते ही सीधे घर चली जाती। राह में खड़े दिल के दीवाने उसे देखकर आह ही भरते रह जाते औ यदि उसकी कोई सहेली भी थी, तो वह थी केवल नसीम। नसीम से शायद इसलिए वह घुल-मिलकर रहती थी, क्योंकि उसका घर उसके घर से कुछ ही दूरी पर था। शायद इसीलिए विद्यार्थियों ने कइ्र बार रूपा के साथ नसीम को भी घर लौटते देखा था।

रूपा के विचारों में अभी वह लीन था ही कि किसी ने पीछे से उसके कंधे पर हाथ रख दिया। चौंककर वह ठीक से बैठ गया। अपने पैरों को उसने समेट लिया।

'अमां यार कमल!' सामने साथ में बैठता हुआ अलीम से पूछ रहा था-'यह तुम किन विचारों में इतना अधिक डूबे हो?'

'कुछ नहीं यार, बस यूं ही कुछ सोचने लगा था।' उसने बात टाली।

'यूं कभी कोई नहीं सोचा करता।' अलीम ने कहा और फिर सामने दृष्टि की। रूपा पर दृष्टि पड़ते ही वह मामले की तह तक पहुंच गया, 'पक्षी सुन्दर अवश्य है परन्तु...।''

'परन्तु क्या?'

'यूं आसानी से हाथ नहीं लगेगा।'

'ऐसा कौन सा सुर्खाव लगा है उसमें?' कमल ने गिटार पर एक तार की धुन उत्पन्न करते हुए पूछा।

'सबसे बड़ा सुर्खाब तो उसमें यह है कि वह बहुत रिजर्व है।'

'आरंभ में सभी लड़कियां ऐसी ही होती हैं।' कमल मुस्कंराया-'परन्तु जहां दो-चार बार भेंट हुई, बस तुरन्त ही दिल के तार बजने लगते हैं।' उसने वाक्य समाप्त करते ही गिटार के सभी तार झनझना दिये।

'परन्तु मेरे यार, रूपा इन लड़कियों में बिल्कुल अनोखी है।' अलीम बोला, 'पत्थर की चट्टानों के ठेकेदार की लड़की है वह। दिल भी उसका पत्थर की ठोस चट्टान ही समझो।'

मैं इस चट्टान से पानी का सोता फोड़ निकालूंगा।'

'तुमने क्या हर लड़की को रजनी और प्रभा समझ रखा है?'

'अलीम।' कमल बल खाकर रह गया।

'तुम इस कॉलेज में आठ साल से पढ़ रहे हो। बी.ए. में चार वर्ष और अब एम.ए. में भी। हर साल नहीं तो कम से कम हर दूसरे साल तो अवश्य ही कॉलेज की किसी-न-किसी सुन्दर लड़की को बहला-फुसलाकर तुम अपने चंगुल में फांस ही लेते हो और तुम्हारी इस आदत का ज्ञान रूपा को भली-भांति हो चुका है।'

'तुम्हारी नसीम ने बताया होगा।' कमल ने जलकर कहा।

'नसीम बेचारी क्या बताएगी। बताने वाले तो वह लड़के हैं जो तुमसे डरते हैं। तुम्हारी बुराई उस तक पहुंचाकर शायद वह अपना प्रभाव अच्छा बना लेना

चाहते हैं।

'लेकिन तुम तो अच्छी तरह जानते हो कि मैंने आज तक किसी लड़की का जीवन कभी नष्ट नहीं किया।' कमल बोला, 'मैंने तो केवल लड़कियों की सोसायटी ही में मूव करने का प्रयत्न किया था।'

'मगर वह लड़कियां तो मुझसे एक के बाद एक मुहब्बत करती चल गई। उनकी संगति का आनन्द उठाने के लिए तुमने उन्हें कभी स्पष्ट शब्दों में कुछ भी नहीं बताया। उल्टा उन्हें कारों में घुमाते रहे, होटल और पार्कों में सैर कराते रहे। आखिर इस प्रकार एक लड़की तुम्हारे साथ एकांत में घूमकर अपने लिए और क्या सपना देख सकती है? यह धोखा ही तो हे जो तुमने सभी को दिया और इसीलिए तुम कॉलेज में इतने बदनाम हो।'

धोखा! कमल ने सोचा, धोखा वह खाते हैं जिनमें दीवानगी को जज्बा हो। यहां तो आज तक उसे किसी से प्यार ही नहीं हुआ। हो जाता तो वह अपने बारे में एक निर्णय अवश्य कर लेता। अपने भविष्य के बारे सोचता भी।

'काश!' कुछ पल बाद एक गहरी सांस लेकर उसने सामने रूपा की ओर देखते हुए कहा-'मुझे भी किसी से प्यार हो जाए!'

'घबराओ नहीं मेरे यार, एक दिन ऐसा अवश्य आएगा।' अलीम ने उससे गिटार लेकर अपने हाथ में रख लिया, 'एक दिन तुम्हें किसी न किसी लड़की से इतनी अधिक मोहब्बत हो जाएगी कि तुम्हारी रातों की नींद हराम हो जाएगी। तुम्हारा दिल धड़केगा, मीठा-मीठा दर्द-सा उठेगा। जो वस्तु जितनी कठिनाई से मिलती है उसकी कदर उतनी ही अधिक होती है।'

प्यार! कमल सोच रहा था उसे किसी से प्यार क्यों नहीं हो जाता? दिल से भी तो वह यही चाहता है कि किसी से सच्चा प्यार करे। किसी के लिए उसका दिल भी तड़पे। किसी की पूजा करे। अपनी जान उसके लिए दे सके। परन्तु वह लड़कियां एक ही दृष्टि में बर्फ पर फिसलती हुई उसके समीप यूं चली आती हैं कि फिर एक बार उनकी संगति का आनन्द उठाने के बाद दिल ही उकता जाता है। फिर इनमें कोई भी आकर्षण नहीं बचता। जाने किती ही लड़कियों ने उससे प्रेम किया है। उसकी दौलत के कारण बहुत आसानी से उसके कदमों में खिंचती चली आई थी। चमकती हुई नित नई कारों में बैठकर वे उसके साथ अकेले दूर-दूर तक चली जाती थीं। उसकी समीपता पाकर वे जाने कितने सुन्दर सपनों के महल खड़ा कर लिया करती थी, परन्तु वह किसी का भी नहीं हो सका। किसी के प्रति उसने अपने दिल में एक ऐसी धड़कन

ही नहीं महसूस की जिसे वह प्यार का रूप समझ सका हो।

एक बड़े जमींदार का एकमात्र लाड़ला था वह जिसने बचपन ही से जो भी इच्छा की, वह तुरंत ही पूरी हो गई। वह किसी भी वस्तु के लिए तरह नहीं सका। कभी उसे निराशा को प्रतीत करने का अवसर नहीं मिला और इसीलिए वह बचपन ही से जिद्दी और हठी बनता चला गया था और इसीलिए अब वह अपनी पहुंच के बाहर जब किसी वस्तु की चाह करता तो उसे जबरदस्ती प्राप्त कर लेने का प्रयत्न करने में वह गलत से गलत पग उठाने में भी नहीं चूकता था।

उसके पिता की सम्पत्ति में जमीन के अतिरिक्त कई-कई कारखाने भी थे। कृषि उद्योग से संबंधित वहां ट्रैक्टर, ट्रैक्टर के औजार तथा नए प्रकार के हल के अतिरिक्त पानी निकालने के पम्प भी बना करते थे। दौलत की कमी नहीं थी इसलिए पढ़ाई-लिखाई से कोई संबंध नहीं था। कॉलेज इसलिए जाता था ताकि कुछ समय सुनहरा कट सके। वह जानता था कॉलेज छोड़ते ही उसे पिताजी का व्यापार संभालना पड़ेगा, फिर जल्दी ही उसका विवाह भी हो जाएगा तो स्वतंत्रता भी जाती रहेगी। वह जितनी बार परीक्षा में असफल होत, उतनी ही बार सोचता कि उसने स्वतंत्रता से जीवन बिताने का एक वर्ष और जीत लिया है। मां बचपन ही में परलोक सिधार चुकी थी इसलिए उसने अपने पिता के लाड़-प्यार का खूब लाभ उठाया।

कमल का मन कभी भी पढ़ाई की ओर नहीं झुक सका। परन्तु उतना ही खेल-कूद की ओर अवश्य लगा हुआ था। सभी गुण उसमें थे। सुन्दर, लम्बा, तगड़ा, हृष्ट-पुष्ट। पहली दृष्टि में ही उसके खिलते रंग पर आंखें एक पल को अवश्य ठहरकर रह जाती थीं। वेट लिफ्टिंग में वह कॉलेज का ही नहीं, अपने पूर प्रांत का भी चैम्पियन था। शारीरिक प्रतियोगिता में वह मिस्टर इण्डिया के लिए उभरने वाला था। उसके शरीर में कूट-कूटकर जान भरी हुई थी, जिस पर कॉलेज के लड़कों को काफी गर्व था, कुछ विपरीत पार्टी के लड़के उससे जलते भी थे जिनकी संगति को उसने कभी कोई महत्व नहीं दिया था।

रूपा को प्राप्त करने के लिए कमल ने अपने सभी गुणों का उपयोग किया। बड़े-बड़े प्रोग्राम करवाए, पार्टियां दीं, बेमौसम पिकनिक मनवाई, परन्तु सब व्यर्थ नसीम तथा दूसरी लड़कियों द्वारा उसने रूपा को फंसाकर इन प्रोग्रामों में सम्मिलित करना चाहा, परन्तु वह उतना ही उससे दूर होती गई और उसकी

दूरी ने कमल के दिल में एक नई आग भर दी। उसके लिए उसने अपने दिल में एक विचित्र-सी व्याकुलता का आभास किया जो आज तक उससे भाग में नहीं आई थी। रूपा में अपने प्रति लापरवाही देखकर उसका दिल कसककर रह गया और उस दिल, उस विशेष दिन तो उसे बहुत अधिक निराशा मिली। जब कॉलेज की एक शारीरिक प्रतियोगिता में उसने विशेष तौर से भाग लेकर रूपा को जीतने की आशा बना रखी थी। रूपा उस प्रतियोगिता में आई ही नहीं और तब उसने महसूस किया कि रूपा वास्तव में उससे घृणा करती है। उसकी समीपता से भागती है, उसकी छाया तक से घबराती है। उसके मन को सख्त चोट लगी।

समय बीतता रहा। एक वर्ष बीत गया। रूपा बी.ए. फाइनल मं पहुंच गई। फिर यह वर्ष भी हवा के समान बीतने लगा तो कमल को चिन्ता हुई। जीवन की यह पहली असफलता थी जिसे वह किसी भी अवस्था में ग्रहण करने को तत्पर नहीं था। अपनी इस असफलता पर उसे दु:ख से अधिक झुंझलाहट हुई। झुंझलाहट इसलिए क्योंकि उसके नित दिन के प्रयत्न से कॉलेज के सभी लडके परिचित थे। इससे पहले वे उसे किसी भी बात पर सदा ही सफल देखते आए थे। परन्तु अब पहली बार उसकी इस हार पर वह निश्चय ही उसका मजाक उड़ा रहे होंगे। वह खिसियाकर रह गया। रूपा पर उसे क्रोध भी आया, जाने क्या समझती है अपने को?

और जब दूसरा साल भी समाप्त होने में केवल दो मास रह गए तो एक दिन उसे लाइब्रेरी में अलीम ने टोका।

'सुना है आजकल रूपा किसा और लड़के पर दयालु है!'

'असंभव है।' वह तड़पकर चीखते-चीखते रह गया।

'क्यों?' अलीम कुटिलता से मुस्कराया- 'क्या उसके पास दिल नहीं है? और क्या यह आवश्यक है कि तुम उसे चाहते हो तो वह भी तुम्हें भी चाहे?'

'नहीं मेरा मतलब...' और फिर वह बेबसी से तड़पकर खामोश हो गया।

अलीम मुस्कराकर रह गया। उसे खुशी थी कि अपने ऊपर गर्व करने वाला यह पत्थर आज अपनी ही चोट से घायल है। पानी की इस लापरवाही रवानी में आखिर आग लग ही गई।

'तुम क्या वास्तव में रूपा को प्यार करने लगे हो?' अलीम ने कुछ देर बाद पूछा।

और कमल के मुंह से एक आह निकल गई। परन्तु वह बोला- 'प्यार उसे

भी मुझसे करना पड़ेगा। उसे भी मेरे ही समान मेरे लिए तड़पना पड़ेगा। अभी भी समय है। अभी भी समय है।' और फिर मैगजीन को बंद करता हुआ वह खड़ा हो गया। बोला- 'आज शाम पांच बजे संगम बॉर में मिलना। फिर बताऊंगा कि मैं क्या करने वाला हूं।'

अलीम ने अपने होंठों पर जुबान फेरी। उसकी आंखें चमक उठीं और इससे पहले कि वह कुछ कहे, कमल वहां से जा चुका था।

शाम पांच बजे जब कमल ने संगम बॉर में अपनी कार पार्क की तो अलीम गेट पर ही खड़ा मिल गया। उसे लेकर वह सीधा एक कोने वाले केबिन में पहुंचा। कॉलेज के स्वतंत्र लड़कों के पीने के लिए संगम बॉर के केबिन से सुरक्षित स्थान कोई भी नहीं था। टेबल पर बैठते ही कमल ने व्हिस्की का ऑर्डर दिया। अलीम बहुत बेसब्री से बैठा उसकी बात सुनने के बहाने व्हिस्की का प्रतीक्षा करता रहा।

वेटर ने जब दो जाग शराब के सामने रखे तो कमल ने इन्हें टकराते हुए रूपा के स्वास्थ्य की कामना की और फिर एक लम्बा घूंट लेते हुए माथा सिकोड़कर अलीम को देखा।

'आज दिन भर मेरा दिमाग़ एक स्कीम तैयार करता रहा है।' वह बोला।

'क्या?' अलीम ने उत्सुक होकर पूछा।

'आज लड़कियों का 'क्लोजिंग फंक्शन' तो है ही।' कमल ने पॉकेट से सिगरेट निकालकर आगे बढ़ाई।

'हां।'

'कितने बजे?'

'सात बजे।' अलीम ने अपनी घड़ी देखी।

'फंक्शन में रूपा तो जाएगी ही।'

'हां और क्या।' अलीम ने उसके हाथ से सिगरेट का पैकेट लेते हुए कहा- 'कोई तुम्हारी उपस्थिति का तो डर उसे वहां होगा नहीं।'

'लो पहले जाम समाप्त करो।' कमल ने उससे कहा और अपना जाम भी समाप्त करके वेटर को दूसरा पैग लाने को कहा।

अलीम की आंखें और चमक उठीं।

'तुमको मेरा एक काम करना पड़ेगा।' कमल ने सामने प्लेट से नमकीन काजू उठाते हुए कहा।

अलीम ने उसे गौर से देखा।

अलीम ने उसे गौर से देखा।

'इससे पहले कि समय हाथ से निकल जाए, मैं अब स्वयं ही रूपा से मिल लेना चाहता हूं।' कमल ने होंठ चबाकर कहा।

'लेनिक इसमें मेरा क्या काम है?'

'यह काम तुम्हारा द्वारा ही हो सकता है।' कमल बोला- 'तुम चाहो तो नसीम से कहकर मेरे लिए आज ही ऐसा समय निकाल सकते हो।'

'लेकिन...'

और तभी वेटर ने जब दूसरा जाम सामने रखा तो अलीम चुप हो गया।

'आज का फंक्शन आरंभ होने से पहले यदि नसीम रूपा को टहलाने को बहाने लाइब्रेरी के पीछे वाले लॉन में ले आए तो मैं निश्चय ही आगे बढ़कर रूपा से अपने प्रेम का कुछ न कुछ फल तो अवश्य ही निकाल लूंगा।' कमल ने एक गहरी श्वास लेकर कहा, 'उससे बात करने की मेरी इच्छा पूरी हो जाएगी।'

'लेकिन कमल, यदि यह सत्य हुआ कि वह किसी और विद्यार्थी में रुचि रखती है, तब क्या होगा?'

'नहीं-नहीं अलीम ऐसा न कहो?' कमल के दिल को एक ठेस पहुंची। वह तड़पकर बोला, 'यदि यह सत्य हुआ तब भी मैं साहस नहीं छोड़ूंगा, मैं स्वार्थी बन जाऊंगा। यदि उसे नहीं प्राप्त कर सका तो मैं... मैं कॉलेज में उसे इतना बदनाम कर दूंगा कि वह अपने मान के लिए मेरी बनने पर मजबूर हो जाएगी। मैं किसी भी कीमत पर यह बाजी हारना नहीं चाहता। तुम नहीं जानते मेरी इस असफलता पर कॉलेज के विद्यार्थी मेरा कितना मजाक बनाएंगे।'

अलीम हंसकर रह गया। पैग को गले के अंदर धकेलकर उसने जब कमल को फिर देखा तो कमल इंकार नहीं कर सका। जानता था अलीम को जितना भी पिलाया जाए कम है। वेटर को ऑर्डर देकर वह रूपा के विचारों में डूब गया। शराब ने उससे बात करने के लिए दिल के अंदर का साहस दोगुना कर दिया था।?

❐❐

शाम सात बजने में कुछेक मिनट बाकी थे। लड़के लाइब्रेरी के समीप लॉन में बने टैंक के किनारे लगी पत्थर की बैंच पर बैठे तथा आसपास टहल रहे थे। जानते थे कि फंक्शन अपने निश्चित समय से कुछ देर बाद ही आरंभ होगा। मनचली लड़कियां समय बिताने के बहाने इसी ओर आकर टहलेंगी।

पढ़ाई के साथ अपने प्रेमियों से दो बातें करने के लिए लाइब्रेरी से अच्छी जगह कोई नहीं थी।

लॉन के अंत में जो लाइब्रेरी की इमारत का एक पिछला कोना था, एक एवरग्रीन की आड़ लिए कमल बहुत बेचैनी से खड़ा अपनी योजना पर गौर कर रहा था। इसकी पूर्ति करने के लिए बार-बार उसका दिल धड़क उठता था। यदि उसके मस्तिष्क में शराब का नशा नहीं छाया होता तो निश्चय ही वह इसे दूसरे दिन पर स्थगित कर देता। साहस को स्थिर रखने के लिए उसने कई बार इस बात का विश्वास किया कि रूपा निश्चय ही उससे बात करने में कभी संकोच नहीं करेगा। कॉलेज का वह सबसे गुणी विद्यार्थी है। उससे मिलकर तो लड़कियां गर्व करती हैं। जाने क्यों उसके अंदर एक ऐसा आत्मविश्वास था कि वह कभी भी किसी से हार नहीं मानना चाहता था।

सहसा लाइब्रेरी की रोमांचित शाम में एक फुलवारी की और वृद्धि हुई। लड़कियों का एक झुण्ड उधर ही टहलता हुआ आ निकला। उनकी आपस की बातों तथा खिलखिलाहट से वातावरण में एक नई रौनक बढ़ गई। छझेटे-छोटे पक्षी मानो एक टहनी पर उतरकर चहचहा उठे हों। कमल ने पंक्तियों के झुरमुट से झांककर देखा। रूपा के साथ नसीम के अतिरिक्त वहां और भी कई लड़कियां थीं। उसने साहस को बटोरा, दिल कड़ा किया और ज्यों ही वह उसके कुछ समीप आई, वह उसके सामने आकर खड़ा हो गया।

सहसा लड़कियां ठिठक गईं, कुछ मुस्करा दीं तो कुछ ने उसे हैलो भी कहा। परन्तु रूपा को काटो तो खून नहीं। वह इस प्रकार कांप गई मानो एक सर्प कुण्डली मारे बैठा उसके रास्ते में आ गया हो। उसने चाहा कि वह लौट जाए, परन्तु तभी कमल उसके समीप आ पहुंचा।

'आप से मैं कुछ बात कर सकता हूं।' अपने को संभालकर कमल ने बहुत साहस बटोरकर पूछा, बहुत सभ्यता के साथ।

'हां-हां,, क्यों नहीं?' रूपा ने भी बहुत सभ्यता से उत्तर दिया।

'मेरा मतलब...।' कमल एक पल को हिचकिचाया। उसने उसके समूह की सारी लड़कियों को देखा, जैसे उनकी उपस्थिति से क्षमा-याचना करना चाहता हो, परन्तु जब उसने देखा कि दूर-दूर पर भी खड़े तथा बैठे लड़के उसी को देख रहे हैं तो उसे सबके सामने ही कहना पड़ा- 'क्या आप मुझे एकांत में कुछ समय दे सकेंगी?'

'आपको जो कुछ कहना है, यही कहिए, सबके सामने।'

रूपा ने कहा, उसके माथे पर पड़ी सिलवट कुछ अधिक गहरी हो गई।

'इतना जुल्म न कीजिए रूपाजी...।' कमल ने कहा, परन्तु आवाज उसकी कुछ इस प्रकार लड़खड़ा गई कि उसकी सांसों से वातावरण कुछ शराबखाने-सा महक गया।

रूपा ने अपनी नाक पर रूमाल रख लिया और कड़ककर बोली, 'बदतमीज!' और तभी वह वापस लौटने को पलटी।

कमल को रूपा का यह शब्द डंक के समान चुभा। सारे शरीर में आग-सी लग गई। आज तक किसी ने उसके मुंह पर ऐसा शब्द निकालकर अपमान नहीं किया था। उसने लपककर रूपा का रास्ता रोक लिया। बात बिगड़ चुकी थी, अब तो जो होना होगा सो होगा ही। उसने झट रूपा का बायां हाथ पकड़ लिया।

रूपा इसके लिए तैयार नहीं था। परन्तु लड़कियों में उसका मान, उसका गौरव एक ही था। इससे पहले कि कमल के मंह से कुछके शब्द निकलें, उसने एक भरपूर तमाचा उसके गाल पर यूं रसीद किया कि वह एक पल को चकरा गया। कुछ बोला नहीं। केवल रूपा को घूरकर ही देखता रह गया। रूपा एक झटके में उसके सामने से हटकर वापस लौट गई।

सहसा कमल के कानों में जब आसपास के ठहाके पिघले सीसे के समान उतरे तो उसने अपनी दृष्टि उठाकर चारों ओर देखा। ठहाके थम गए, परन्तु उसके कानों में यह अब तक गूंज रहे थे। होंठों की चबाते तथा दांतों को पीसते हुए वह लड़कियों के समूह से किनारे हटा और तेज पगों से चलता हुआ अपनी कार में जा बैठा। एक बार उसने पलटकर फिर लाइब्रेरी की ओर देखा। विद्यार्थियों की नजरें वहीं थीं, उसने गाड़ी स्टार्ट की और एक्सीलेटर दबा दिया। गाड़ी हवा में भागने लगी। जनवरी का महीना था। ठंड मजे की थी परन्तु फिर भी वह पसीने से तर था। वह संगम बॉर पहुंचा, उस रात उसने खूब पी; बहुत देर तक। उसके मन में एक ज्वाला फूट रही थी। अपने अपमान का बदला लेने की आग भड़क रही थी। वह अंदर ही अंदर सुलग रहा था और उसकी समझ में नहीं आया कि वह किस प्रकार एक पल को भी इससे छुटकारा पा सके। रूपा ने जिस ढंग से उसका अपमान किया था, उसके नेता वह उसे कभी क्षमा नहीं करेगा। कभी नहीं। वह जमींदार का बेटा है, खानदानी रईस है। इस अपमान का बदला न लेना उसकी शान के विरुद्ध होगा। अपने आप ही बदले की भावना में उलझते-उलझते वह जाने कितने ही पैग चढ़ाता चला गया।

काफी रात के बाद अचानक उसके केबिन में अलीम ने प्रवेश किया। शराबी को शराबी दोस्त की गंध भर लग जाए तो वह वहां पहुंच ही जाती है। अलीम भी वहां आ धमका। कमल की अवस्था उससे देखी नहीं गई। चंद पैग स्वयं पीकर बड़ी कठिनाई से उसने कमल को काबू में किया और स्वयं ड्राइव करके उसे घर पहुंचाया। उस रात कमल जाने क्या करने पर तुला बैठा था?

कई दिन बीत गए परन्तु कमल कॉलेज नहीं गया। अलीम से मिलने पर पता चला कि रूपा दूसरे दिन कॉलेज नहीं आई थी और तीसरे दिन जब वह आई थी तो सीधी प्रिंसिपल के पास जाना चाहती थी परन्तु यूनियन के प्रेजीडेंट तथा उसकी निकटीय सहेलियों ने उसे रोक लिया। उसके हाथ जोड़े तब जाकर वह रुकी। परन्तु अब उसका दिमाग आकाश पर चढ़ गया है। वह समझती है कि तुम्हारी रिपोर्ट न करके उसने कॉलेज के लड़कों पर एक बड़ा एहसान किया है।

कमल बल खाकर रह गया। कॉलेज के दोस्तों का इतना बड़ा एहसान प्रतीत करके उसके अंदर रूपा से बदले की भावना दोगुनी हो गई। स्वयं में जल-भुनकर वह रह गया और जैसे-जैसे दिन बीतने लगे, उसके अंदर के शोलों को और भी हवा लगती गई। कॉलेज उसने छोड़ दिया। अब किसी भी विद्यार्थी को वह अपना मुंह दिखाने के पक्ष में जरा भी नहीं था। परीक्षा से कुछ दिन पहले ही इस घटना के कारण कॉलेज छूटने पर उसे दुःख भी हुआ। इतने सारे वर्षों की मेहनत व्यर्थ चली गई। रूपा से वह अपने अपमान का बदला लेकर ही रहेगा, कुछ इस प्रकार कि वह जीवन भर रोएगी, पछताएगी, आंसू बहाएगी, उससे क्षमा भी मांगेगी, परन्तु वह उसे कभी क्षमा नहीं करेगा। उल्टा उन्हीं लड़कों के सामने उसका निरादार करेगा ताकि कॉलेज में यह बात फिर प्रचलित हो कि कमल किसी के आगे कभी नहीं झुकता। रूपा ही सुन्दरता का स्वाभिमान वह खाक में मिलाकर रख देगा।

अपने मन में बदले की इस धधकती आग को कम करके समय की प्रतीक्षा करने के लिए उसने नित दिन ही शराब का सहारा लेना आरंभ कर दिया। अलीम उसका एकमात्र मित्र था जिसके साथ उसकी हर शाम रंगीनी से बीतने लगी थी, परन्तु जब कभी भी उसको रूपा का व्यवहार याद आता तो वह अपने-आपको जलती आग से कभी भी रोक नहीं पाता। जी चाहता कि वह तुरंत ही उसके घर पहुंचकर सबके सामने उसका मुंह नोंच डाले।

उसका रंग-रूप्प बिगाड़कर उसका घमण्ड सदा के लिए मिटा दे।

परीक्षा आरंभ हुई तब भी वह इसमें नहीं बैठा। अलीम से पता चला कि उसकी अनुपस्थिति का अफसोस सभी लड़कों को है। उसे स्वयं भी इसका बहुत दुःख था। अपनी हर बर्बादी का दोष रूपा पर डालकर वह दिल को संतोष देने के साथ उसे भी बदले में बर्बाद करने की योजना बनाता रहा। उसे समय की प्रतीक्षा थी और विश्वास था कि यह समय एक दिन अवश्य ही आएगा।

कुछ दिन बाद अलीम ने उसे सूचित किया कि आज शाम की गाड़ी से रूप अपनी मां के पास दिल्ली जा रही है। उसका माथा ठनका। उसके चालबाज दिमाग में तुरंत ही एक योजना तूफान के समान आ धमकी। उसने इसे परखा, समझा तथा कोई ऐसा कारण प्रतीत नहीं किया जिससे उसको सफलता पाने की शंका हो सकती थी। होंठों पर एक भयानक मुस्कान आई तो वह अलीम को लेकर तुरंत स्टेशन पहुंचा। पता चला कि फर्स्ट क्लास में रूपा की एक बर्थ बुक है। लिस्ट में दो नाम और थे। बाकी जितनी बर्थ तथा सीटें थीं उन्हें कमल ने तुरंत ही बुक कर लिया। फिर दो सीटें बुक करने के लिए उसने और अनुरोध किया। बुकिंग क्लर्क ने उसे दूसरे कम्पार्टमेंट में दो सीटें देनी चाहीं तो उसने राय दी कि इन दो सीटों को जो पहले ही किसी और के नाम बुक हैं, किसी और फर्स्ट क्लास कम्पार्टमेंट में दे दी जाएं, क्योंकि उसके साथ महिलाएं भी हैं। बुकिंग क्लर्क को यह बात भा गई। उसने तुरंत रूपा की बर्थ छोड़कर बाकी सारी ही बर्थ उसके नाम कर दीं। अपने नाम पर उसने कुंवर सिंह एण्ड पार्टी लिखवा दिया। जब सब-कुछ हो गया तो उसने संतोष की सांस लेते हुए एक सपने की पूर्ति देखी। उसका दिल खुशी से उछल रहा था।

अलीम को लिए वह बाजार में घूमता रहा। अपने एक डाक्टर मित्र से मिला। कुछ आवश्यक टेबलेट्स लीं। फिर एक व्हिस्की की बोतल भी ली। उसके कामों की तीव्रता में एक विचित्र-सी शैतानियत सम्मिलित थी। पूरा प्रबन्ध करने के बाद वह घर आया तो कुछ आवश्यक सामान एकत्र करने के बाद बहुत बेचैनी से वह शाम की प्रतीक्षा करने लगा।

फर्स्ट क्लास का कम्पार्टमेंट स्टेशन पर ही लगता था। वह निश्चित समय से पहले यार्ड पहुंचा। फर्स्ट क्लास में उसने ऊपर अपना साधारण-सा बिस्तरा लगाया। फिर वहीं व्हिस्की की बोतल खोली। बिना पानी के चंद घूंट वह

गटागट पी गया और फिर ऊपर बर्थ पर पहुंचते ही एक ओर करवट लेकर लेट गया। अपने-आपको उसने एक चादर द्वारा ढंक लिया। आंखें बंद कर लीं और अपने सपनों की पूर्ति में डूब गया।

काफी देर बाद उसने अपनी आंखें खोलीं जब कम्पार्टमेंट एक झटका खाकर स्टेशन की ओर बढ़ चला था। उसने झुककर सामने वाली खिड़की से बाहर झांका। प्लेटफार्म पर एक तेज चहल-पहल मची हुई थी। जब उसके कम्पार्टमेंट की गति कम होने लगी तो उसने दीवार की ओर करवट बदली। घड़ी देखी और मुखड़े को ढांप लिया। कम्पार्टमेंट की गति थमी तो उसने सुना कुली अंदर सामान रख रहा है। फिर कुछ लड़कियों की मिली-जुली आवाजें भी उसे सुनाई पड़ीं जिनके मध्य रूपा का स्वर भी था। रूपा को शायद कुछ लड़कियां स्टेशन तक विदा करने आई थीं। रुखसाना, अनीता, पारो, नसीम, कामिनी सभी के स्वर वह पहचानता था। उसने लड़कों की आवाजें भी पहचानीं। सभी उसे गुडबाई करने आए थे। उसने सुना अलीम रूपा से कुछ तेज स्वर में कह रहा था, 'रूपाजी टी.टी. ने बताया है कि दो स्टेशन बाद यह कम्पार्टमेंट भर जाएगा क्योंकि एक बड़ा कुटुम्ब दिल्ली जा रहा है। ऊपर के बर्थ पर एक वृद्धावस्था के व्यक्ति सो रहे हैं। घबराने की कोई आवश्यकता नहीं।'

रूपा उसकी बात पर हंस पड़ी। वैसे भी उसे किसी का भय नहीं था। चट्टान के समान उसका हृदय सख्त और अडिग था। ऐसी यात्राएं तो वह जाने कितनी बार पहले भी कर चुकी थी।

गाड़ी बहुत तेजी के साथ भागी जा रही थी। कम्पार्टमेंट में केवल इसी का शोर था वर्ना पूर्णतया खामोशी थी। एक घंटा बीतने को आया परन्तु वह उसी प्रकार अपनी आंखें बंद किए कम्पार्टमेंट की आहट पर कान दिए बहुत खामोश पड़ा हुआ था। उसके होंठों पर एक विषैली मुस्कराहट थी। निश्चय ही अपने दिल की आग बुझाने का इससे अच्छा अवसर उसे अब कभी नहीं प्राप्त होगा। रूपा निचली बर्थ पर लेट चुकी थी। कागजों की फड़फड़ाहट से उसने अनुमान किया कि वह कोई मैगजीन पढ़ रही है। जब उसने अनुमान किया कि अब गाड़ी किसी जंगल के मध्य में शोर करती गुजर रही है और अब उसे अपने योजना को रूप देने के लिए अधिक प्रतीक्षा नहीं करनी चाहिए तो करवट लेने के लिए उसने एक गहरी सांस ली। इससे पहले कि वह अपने मुखड़े पर से चादर अलग करे, उसने सुना, रूपा कोई बर्तन खोल रही है। एक

पल को वह और रुक गया। रूपा बाथरूम गई। उसने झट करवट बदली। झांककर देखा तो उसके सपनों की पूर्ति हाथ बढ़ाकर हाथ बढ़ाकर उसका स्वागत कर रही थी। कम्पार्टमेंट खाली थी। छत पर लगा बल्ब इसे पूर्णतया प्रकाश देने में असमर्थ था। नीचे सीट पर टिफिन बॉक्स खुला था। समी पही एक थर्मस भी रखा था। बिजली की फुर्ती से वह नीचे उतरा। अपने बैग से टेबलेट्स निकालीं। उसका थर्मस खोला और झट उसके पानी में डालकर जोर से हिला दिया। ढक्कन बंद करने के बाद वह फिर अपने स्थान पर वापस आया और चादर ओढ़कर आंखें बंद कर लीं। वह यूं निश्चिंत हो गया मानो कुछ हुआ ही नहीं हो।

सहसा उसने प्रतीत किया। बाथरूम का दरवाजा खुला फिर बंद हुआ। रूपा अपनी सीट पर आ बैठी है। अपना डिनर खाने में व्यस्त है। फिर उसने थर्मस खोला। पानी पिया। बहुत बेचैनी से वह समय की प्रतीक्षा करता रहा। प्रसन्नता से उसका दिल बहुत तेजी से धड़कने लगा था। शरीर के अंदर एक वासनामयी गुदगुदी-सी हो उठी थी। सहसा उसने सुना, एक छलांग की-सी आवाज उत्पन्न हुई। टिफिन बॉक्स एक ओर लुढ़क गया है। थर्मस नीचे गिरकर टूट गया है। उसके दिल में तूफान मच गया। उसने झट चादर को किनारे फेंका और नीचे कूद पड़ा। रूपा एक परकटे पक्षी के समान उसके सामने अचेत पड़ी थी। उसके बाल बिखरे हुए थे, आंखें बंद थीं, होंठ भीगे हुए थे। नथुने गहरी-गहरी सांसों से ऊपर-नीचे फूल रहे थे। साड़ी का आंचल छाती से सरककर दूसरी ओर चला गया था। बर्थ पर लटक-सी गई थी।

उसके होंठों पर एक मुस्कराहट आई-ऐसी मुस्कराहट मानो उसने सारा संसार जीत लिया हो। रूपा को नीचा दिखाकर उसका जीवन बर्बाद करके वह एक बहुत बड़ा काम कर रहा है, ऐसा बड़ा काम जिसमें उसके मन की शांति थी, मन का संतोष था, मन का बड़प्पन था। उसकी आंखों में विश्वास की चमक दोगुनी हो गई। कुछ सोचकर उसने घड़ी देखी। पहला स्टेशन आने में कवेल थोड़ा समय ही रह गया था। उसने टिफिन बाक्स उठाया। थर्मस उठाकर उसने खिड़की से बाहर फेंक दिया। रूपा को ठीक से लिटाया। उस पर चादर डाली और एक ओर बैठकर सिगरेट जलाते हुए संतोष से मैगजीन पढ़ने लगा।

स्टेशन आया तो टी.वी. ने कम्पार्टमेंट में प्रवेश किया केवल आप ही दोनों आए हैं?' उसने आश्चर्य से पूछा।

'जी हां।' कमल ने मैगजीन एक ओर रखते हुए अपने पर्स से सारे टिकट

निकाले, 'दरअसल एक आवश्यक काम से वह सब पहले ही कार द्वारा चले गए। अब अगले स्टेशन पर ही वह हमारे साथ सम्मिलित हो सकेंगे। वैसे यह सारी टिकटें मेरे ही पास हैं, आप इन्हें चैक कर लीजिए।'

'यह आपके साथ..।' टिकटें गिनते हुए टी.टी. ने रूपा पर दृष्टि डाली।

'यह मेरी पत्नी हैं।' कमल ने निश्चिंतता से उत्तर दिया।

'ओह!' टी.टी. लज्जित-सा हुआ, 'तो इसका मतलब यह हुआ कि जिनकी बर्थ यह भी वह भी नहीं आई।'

'जी हां।' कमल का दिल धड़का, परन्तु उसने तुरन्त ही स्वयं को संभाल लिया। बोला, 'वैसे वह भी अगले स्टेशन पर ही आएंगी।'

'जी?'

'जी हां।' कमल बोला, 'बात यह है कि वह हमारा एहसान नहीं लेना चाहती थीं। इसीलिए अपने पैसे से पहले ही उन्होंने रिजर्वेशन करा लिया था।'

'ओह!'

और तभी गार्ड ने सीटी दी तो टी.टी. टिकट वापस करके प्लेटफार्म पर उतर गया।

कमल ने एक गहरी सांस ली मानो अपने ही जाल में अभी फंसते-फंसते रह गया। दरवाजा उसने अंदर से बंद किया। सिगरेट को फेंककर उसने पैरों तले मसल दिया। चिंगारी बुझ गई। उसने अपना सूटकेंस खोला, व्हिस्की की बोतल निकाली और लम्बे-लम्बे घूंट भरे। बोतल को वापस रखते-रखते उसके पग लड़खड़ाए तो उसको होंठों पर एक भयानक मुस्कराहट फैल गई। आंखें सुर्ख हो गई और सुन्दर मुखड़े पर शैतान-सी वासना की छाया अंकित हो गई। रूपा के समीप बैठकर उसने बहुत गौर से उसे देखा, बहुत चमकती दृष्टि से। उसके सपनों की वास्तविकता! रूपा बिना फड़फड़ाये ही उसके जाल में चली आई थी। उसने रूपा की लटों को खोलकर और बिखेर दिया। उसके शरीर पर से चादर हटा दी। उसे भरपूर दृष्टि से देखा। किसी संगतराश ने जाने किस चट्टान से पत्थर काटकर यह सफेद संगमरमर की मूर्ति बनाई थी? परन्तु अब वह इस संगमरमर में, इस चट्टान की छाती के अंदर एक सोता फोड़ निकालेगा। रूपा यदि चट्टानों के ठेकेदार की लड़की है तो वह भी एक जमींदार का बेटा है। उसके कारखाने में ऐसी मशीनें बनती हैं कि वह सख्त से सख्त चट्टानों से भी पानी का फव्वारा उत्पन्न कर सकता है। उसकी आंखों की चमक बढ़ती ही चली गई। होंठों पर अपनी जीत की मुस्कान फैलती ही

चली गई। उसके मस्तिष्क का नशा अपनी सीमा तक पहुंच गया। हाथ बढ़ाकर उसने स्विच ऑफ कर दिया और फिर अंधकार में उसने रूपा का आंचल थाम लिया।

एक असहाय अबला की पुकार गाड़ी की चीख में डूबकर जुल्म की भेंट चढ़ गई।

रात लगभग बारह बजे रूपा मानो एक भयानक सपने से जागी। अपने आप में उसने एक विशेष परिवर्तन पाया। आंखें चढ़ी हुई थीं। लटें बिखरीं। मुखड़ा शोलों से तप रहा था और होंठों पर छाले-सी जलन थी। सिर में सख्त दर्द था और शरीर टूट-टूट रहा था। उठकर उसने बैठना चाहा तो कमल ने उसे सहारा देने को हाथ बढ़ा दिया। परन्तु रूपा ने उसे बरसती आग-सी दृष्टि से यूं देखा मानो उसे जीवित ही जलाकर राख कर देगी। कमल कांपकर वहीं बैठा रह गया। एक पल के लिए उसे अपने आपसे घृणा हो गई। रूपा ने बैठकर अपने पैरों को मोड़ते हुए घुटने ऊपर खींचे। फिर बांहों को इनके चारों ओर लपेटकर उसने अपना सिर घुटनों पर टेक दिया। उसके चंद्रमा से मुखड़े को बालों ने छितरकर बदली के समान ढंक लिया। वह सिसक पड़ी। फूट-फूटकर रो पड़ी और उसकी सिसकियां कम्पार्टमेंट से बाहर निकलकर जंगल के मध्य वृक्षों की सरसराहट में घुट गईं। उसके गालों पर बहते आंसुओं को पोंछने के लिए हवा के दामन भी छोटे पड़ गए।

कमल बहुत खामोश बैठा रूपा को देखता रहा। रूपा की सिसकियां उसके दिल को छेदती जा रही थीं। उसकी हिचकियों से उसका दिल फटा जा रहा था। तड़पकर वह छाती से बाहर आ जाना चाहता था। उसकी आंखों में रूपा के प्रति दर्द था, एक वास्तविक सहानुभूति उत्पन्न हो उठी थी। उसकी दृष्टि में पश्चाताप की ठंडी आग थी। मन में रूपा से क्षमा-याचना की पुकार थी। रूपा के माथे पर जो अमिट कलंक उसने लगाया था उसे मिटाने की इच्छा थी, स्वयं इसका दण्ड भोगने की अभिलाषा थी। परन्तु वह खामोश रहा। सहास नहीं कर सका कि इस गंभीर स्थिति में अपनी जुबान खोले। भयानक सपने की पूर्ति करके वह दिल से लज्जित था। एक अबला का मजबूर सिसकियों ने उसके अंदर के शैतान को मारकर एक नए मनुष्य को जन्म दे दिया था और वह मनुष्य अब अपने अस्तित्व को पहचानकर तड़प उठा।

'रूपा।' काफी देर बाद वह डरते-डरते बोला, 'मैं अपने किए पर लज्जित हूं।'

'तुम?' रूपा एकदम से अपना मुखड़ा ऊपर उठाकर उस पर बरस पड़ी, 'शैतान कमीने, नीच।' उसकी आवाज कांप रही थीं। आंखों के आंसू गालों से बहकर होंठों के किनारे आ पहुंचे थे। वह चीख-चीखकर कह रही थी, 'मुझे लड़कियों ने पहले ही चेतावनी दी थी कि एक दिन तुम अवश्य ही मुझसे अपमान का बदला लोगे, परन्तु मैंने कभी तुम्हें इतना नीच नहीं समझा था और फिर बदला भी तुमने मुझे असहाय अबला से इस भयनक रूप में लिया कि मेरी इज्जत ही लूट ली। मेरा जीवन नष्ट कर दिया। मेरे और मेरे खानदान के माथे पर कलंक का टीका लगा दिया। तुम मर्द नहीं कायर हो। अपनी चाल का शिकार बनाकर तुमने मुझे कहीं का भी नहीं रखा। ईश्वर तुम्हें क्षमा नहीं करेगा- कभी भी नहीं। यह मेरी बेबसी की मांग है, मेरे आंसुओं की पुकार है। मेरी हाय तुम्हें जीवित ही खा जाएगी। मेरी सिसकियां तुम्हें ऐसे स्थान पर ले जाकर मारेंगे कि तुम एक-एक बूंद पानी को भी तरसते रहोगे। ईश्वर करे तुम रोओ, तड़पो, चीखो, चिल्लाओ, परन्तु तुम्हारा दम न निकले। मैं तो एक असहाय अबला हूं, परन्तु याद रखना मेरे आंसुओं को भगवान देख रहा है, इनकी हाय कभी अकारथ नहीं जाएगी। तुम नीच हो, कमीने और लुटेरे हो, अपने बाप का नाम ऊंचा करने वाले शैतान-हो-शैतान, रूपा फूट-फूटकर रो पड़ी।

'रूपा।' कमल का दिल फट गया। अपने पिता का नाम बीच में सुनकर भी उसने स्वयं को ही धिक्कारा। बोला, 'यह सत्य है कि मैंने सब-कुछ तुमसे अपने अपमान का बदला लेने के लिए ही किया है, परन्तु रूपा मैं... मैं तुम्हें इस कलंक से बचाने के लिए कोई भी मूल्य अदा कर सकता हूं। मैं तुमसे विवाह करने को तैयार हूं। मुझे क्षमा कर दो।'

'क्षमा और तुम जैसे नीचे शैतान को।' रूपा ने अपनी लटों को झटककर क्रोध से दांत पीसे, 'मैं तुम्हें कभी क्षमा नहीं कर सकती। अपनी असीम सांसों में भी मैं ईश्वर से अपने इस कलंक का मूल्य मांगूगी। मरते-मरते भी यही चाहूंगी कि तुमको तुम्हारे इस पाप की कड़ी से कड़ी सजा मिले। तुम यह महसूस करो कि एक असहाय अबला पर इस प्रकार का अत्याचार करने का क्या परिणाम मिलता है।'

'लेकिन रूपा।' कमल ने भर्राई आवाज में कहा- मैं कह तो रहा हूं कि में तुमसे विवाह करने को तैयार हूं।'

'विवाह! और तुम जैसे शैतान से?' रूपा चीख पड़ी, 'तुम क्या समझते

हो कि में उन लड़कियों में से हूं जो मजबूरियों के हाथों लुट जाने के बाद अपने आपको लुटेरों के हाथों में सौंप देती हैं। मैं सेठ सक्सेना की बेटी हूं। हमने कभी झुकना नहीं सीखा। मैं तुम्हारे अत्याचार के विरुद्ध आवाज ऊंची करूंगी। समाज में मैं न्याय की मांग करूंगी, तुम्हें ऐसी सजा दिलवाऊंगी कि तुम जीवन भर याद करोगे। मैं तुम्हें कभी क्षमा नहीं कर सकती। पापी नीचे कुत्ते।' रूपा की हिचकियां बंध गईं। घुटनों पर उसने अपना माथा फिर टेक लिया और फूट-फूटकर रो पड़ी।

और गाड़ी रात के सन्नाटे में रूपा की पुकार को अपनी चीख-चिल्लाहट में दबाती भागती चली गई।

अगला स्टेशन आया तो कमल उठ खड़ा हुआ। आंखें भीगी हुई थीं और इस समय वह स्वयं को अपराधी बना तड़प रहा था। उसने चाहा कि वह रूपा से एक बार और क्षमा-याचना का प्रयत्न करे, परन्तु उसका साहस न हुआ। अपना सूटकेस उठाकर उसने दरवाजा खोला। प्लेटफार्म पर उतरकर उसने रूपा को एक बार फिर देखा। जी चाहा कि उससे कह दे कि वह भीतर से दरवाजा बंद कर ले, परन्तु फिर अचानक ही दिल की एक आवाज ने उसे धिक्कारा। तेरे समान इस संसार में सब लुटेरे नहीं हैं और फिर अब रूपा के पास बचा ही क्या है? सब-कुछ तो तेरी लूट की भेंट चढ़ गया। वह दिल ही दिल में बहुत लज्जित हुआ। शरीर पर हजारों बर्छियां चल गईं। होंठ खुलकर भी बेआवाज रह गए। आगे बढ़कर वह प्लेटफार्म की मद्धिम रोशनी में लुप्त हो गया। स्टेशन पर करते-करते उसने सुना ट्रेन जा रही थी। उसे ऐसा प्रतीत हुआ मानो सिसकियों के बीच रूपा अब तक उसे कोस रही है।

❐❐

इस घटना को लगभग एक महीना बीत गया। परन्तु कमल के दिल का बोझ एक पल भी कम न हो सका। वरन् मन की तड़प, मन की बेचैनी बढ़ती ही गई। रूपा पर किये हुए अपने अत्याचार को सोच-विचार वह पागल हो उठा। रूपा दिल्ली से अब तक नहीं लौटी थी। शायद उसे कड़ी से कड़ी सजा देने के लिए वह कोई रास्ता ढूंढ रही होगी। जब रात की खामोशी में वह अपने-आपको अकेला प्रतीत करता तो घंटों उसे रूपा की सिसकियां बर्छी बनकर चुभती रहतीं। उसकी आंसू भरी आंखों को वह अपने मुखड़े पर अत्यधि क घृणा से घूरती प्रतीत करता। उसकी हाय पिघले सीसे के समान उसके कानों में टपकती चली जाती। वह तड़प उठता। आंसुओं से रो पड़ता। अपने पाप का

प्रायश्चित करने के लिए वह अब कोई भी पग उठाने को तत्पर था। रूपा दिन-रात एक प्रेत बनकर उसके मस्तिष्क पर छाती चली गई। उसका दम घुटने लगा। वह बेहाल होकर इधर-उधर भटकने लगा। उसने शराब का सहारा लिया तो उसे एक झूठी तसल्ली का आभास मिला। झूठी तसल्ली! इसके सहारे कौन नहीं जीता! वह स्वयं भी जीने लगा। रात-रात भर बॉर में पड़ा रहता। और जब बॉर बंद होने का समय आ जाता तो वह कार को बंगले के गेट पर, पोर्टिको से दूर ही छोड़कर, दबे कदमों अपने कमरे में प्रवेश कर जाता। शराब के नशे में वह प्रतीत करता कि रूपा की हाय भी कुछ पल के लिए उससे घृणा किये दूर खड़ी है।

उसने अपने तमाम मित्रों से किनारा कर लिया। अलीम भी आता तो उसे दूर ही से लौटा देता। अपने पिताजी से भी बिना आवश्यकता कभी नहीं मिलता। पिताजी उसके अंदर के इस अचानक परिवर्तन से अत्यधिक चिन्तित थे। सदा चहकते रहने वाले अपने लाड़ले की गंभीरता पर उन्हें सख्त आश्चर्य था। अपने बेटे से इसका कारण पूछा तो वह सदा टाल गया। कुछ पल मुस्कराकर उसने बातें कर लीं। परन्तु पिताजी ने उसे बचपन से पाला था। उसकी इस भेद भरी मुस्कान से उन्हें कभी संतुष्टि नहीं मिली। उन्होंने उसे डाक्टर को भी दिखाया। कई और भी स्थितियां ऐसी उत्पन्न कीं जिससे अपने बेटे की परेशानी का वह कारण जान सकें, परन्तु सदा ही असफल रहे।

कमल अपने पिता की चिन्ता से परिचित था। जानता था कि अपनी उदासी, मुस्कानों की सात परत के नीचे भी वह उनसे नहीं छिपा सकता। वह तो उसके दिल तक के अंदर झांककर बता सकते थे कि मेरा लाड़ला उदास है या प्रसन्न। परन्तु फिर भी वह चुप ही रहा। उन्हें कुछ भी नहीं बताया। किस प्रकार अपने पापों को प्रकट करके उनके दिल को चोट पहुंचाता? उन्होंने कितने नाज से उसे पाला था। उसकी एक-एक इच्छा की पूर्ति करने में कोई कसर नहीं उठा रखी थी। अपने बेटे की करतूत को देखकर उन पर क्या बीतती? उनकी तो शायद हृदयगति भी रुक जाती।

रूपा की सिसकियां, रूपा की हाय उसे लगकर उसके शरीर को धुन के समान धीमे-धीमे चाट रही थी।

और एक दिन उसके पिता ने एक डाक्टर की राय पर उससे विवाह के लिए आग्रह किया। वह भड़क उठा। स्पष्ट शब्दों में वह इंकार कर गया। वह अब किसी भी अवस्था में इतना शीघ्र अपने जीवन का कोई भी निर्णय नहीं

कर लेना चाहता था। परन्तु एक दिन जब उसके पिता ने हवा तब्दीली के लिए उसे किसी पहाड़ पर कुछ दिन रह लेने की राय दी तो यह बात उसे भा गई। एक पल के लिए उसने सोचा तो प्रतीत किया कि शायद पहाड़ों की ठंडक उसके दिल की आग को कम करने में सफल प्रमाणित हो। उसे अपने आपसे घृणा हो चली थी, सारे संसार से घृणा हो चली थी और इसीलिए अपने आपको तथा सारे संसार को भूलने के लिए वह दूर से दूर स्थान में लुप्त हो जाना चाहता था ताकि उसे एक पल भी रूपा का विचार कांटा बनकर नहीं चुभ सके। वह ऐसे पहाड़ी इलाके में अपने-आपको खो देना चाहता था जहां कोई चहल-पहल न हो, कोई रंगीनी न हो, कोई बनावटीपन न हो, जहां वह रहे, केवल वह और जहां के आदवासियों में खोकर वह एक सहानुभूति प्राप्त करके अपने मन का बोझ हल्का कर सके। यह संसार, यह समाज जितना सभ्य है, उतना ही चालाक, उतना ही स्वार्थी है और इसीलिए उसने असभ्य और भोले-भाले लोगों में घुल-मिलकर सभी हिल स्टेशनों पर भ्रमण किया था। हर जगह एक से एक बढ़कर रंगीनी देखी थी। स्वार्थी मित्र तथा साथी पाए थे। क्या हर्ज है यदि वह इस बार एक खामोश तथा केवल प्राकृतिक दृश्यों से भरपूर इलाके में ही अपने मन की शांति की तलाश करे। जीवन से निराश लोग आखिर ऐसे ही इलाके की तो खोज में रहते हैं।

2

चार डिब्बे की रेलगाड़ी चढ़ाई पर खुच-खुच, खुच-खुच खिंची चली जा रही थी। ठंड बढ़ती जा रही थी इसलिए कमल ने शरीर पर कार्डिगन डाल लिया। अपने शहर से दूर वह एक एकांत इलाके में भागा जा रहा था। परन्तु ऐसा प्रतीत होता था मानो रूपा की हाय उसके साथ ही खिंची चली आ रही है। बहुत कठिनाई से उसने बीस घंटे की यात्रा काटी थी और अभी दो घंटे उसे अपनी मंजिल पर पहुंचने में और शेष थे। इन दो घंटों में हर मिनट ठंड की वृद्धि होती जा रही थी और जब गाड़ी पर्वतपुर के पुराने छोटे-से स्टेशन पर रुकी तो उसे कार्डिगन के ऊपर अपना ओवरकोट चढ़ा लेना पड़ा, हाथों में दस्ताने पहन लेने पड़े। प्लेटफार्म पर उतरकर उसने चारों ओर दृष्टि दौड़ाई। प्लेटफार्म क्या था मानो एक छोटा-सा टूटा-फूटा घर था। कोई दीवार या किसी तार का भी घेरा नहीं था जिसके भय से यात्रियों को टिकट कटाने की आवश्यकता पड़ती। गाड़ी में कुछेक का ही झुण्ड यहां तक आया था, वरना पूरी गाड़ी खाली थी। शहरी वेशभूषा में कवेल वही एक यात्री था। ओवरकोट का कॉलर खड़ा करके उसने घड़ी देखी। दस बजे थे फिर भी ऐसा लगता था मानो सुबह होने में अभी देर है। उसने कुली ढूंढना चाहा तभी मालूम हुआ कि यहां इसका कोई प्रबन्ध नहीं। बाहर आने पर गेट पर खड़े एक बूढ़े मरियल टी.टी. के पास आकर उसने सहायता मांगी।

'यहां कोई कुली नहीं मिलेगा।' उसने पूछा।

टी.टी. ने उसे ऊपर से नीचे तक देखा। हल्के से मुस्कराया।

'यहां कुली की आवश्यकता नहीं पड़ती।' उसने उत्तर दिया, 'वैसे बाहर जो टट्टू वाले खड़े हैं, वह सामान निकाल देंगे। कहां जाना हैं आपको?'

'बूटी नगर।'

'बूटी नगर?'

'हां।'

'वह तो यहां से दस मील पड़ेगा। ठहरेंगे कहां आप?'

'डाक बंगला।'

'ओह!' और फिर टी.टी. ने स्वयं ही गेट से बाहर निकलकर एक पहाड़ी को बलुलाया। उसको आज्ञा दी कि साहस का सामान उतारकर टट्टू पर रखे।

कमल ने टी.टी. पर सवार होकर दूर-दूर तक का वातावरण परखता बूटी नगर की ओर बढ़ चला। ऊबड़-खाबड़ पहाड़ी रास्ते, कहीं पंगडंडियां तो कहीं गिट्टी की सड़क, उसकी तो कमर ही हिचकोले खाते-खाते थक गई। यदि यहां का हरा-भरा वातावरण इतना सुन्दर नहीं होता तो वह हर मोड़, हर मील पर एक घंटा आराम करते हुए बूटी नगर पहुंचता। इस इलाके की हर वस्तु प्राकृतिक सुन्दरता से भरपूर थी। दूर-दूर तक ऊंचे-ऊंचे देवदार, चिनार, बादलों में मुंह छिपाये सफेद पहाड़, सुबह की किरणों में इनके होंठों से गिरता चांदी-सा चमकदार झरना, सब ही कुछ बिल्कुल अनोखा और अत्यंत आकर्षक था। वह बार-बार सोचना पर मजबूर था कि आखिर सरकार क्यों नहीं इस इलाके को मान्यता देकर सभी प्रकार सुविधाएं स्थापित करती है? इसमें कोई संदेह नहीं कि यह इलाका देश का एक गौर बन सकता है।

'क्यों भई, तुम्हारे बूटी नगर में क्या विशेष बात है? आखिर जब खामोशी से वह तंग आ गया तो उसने बात आरंभ की।

'बाबू सॉब।' उस पहाड़ी ने अपने उच्चारण में कहा- 'वहां एक बहुत खूबसूरत झील है। झील के उस पार पहाड़ है। यात्रियों का मन ही नहीं करता कि वहां से वापस जाएं।'

'यहां पर कोई और भी यात्री आता है या केवल मैं ही यहां फंस गया हूं?'

पहाड़ी हंस पड़ा। बोला- 'इतना खूबसूरत इलाका आपने सारे देश में नहीं देखा होगा। बूटी नगर पर्वत नगर की नहीं सारे ही पहाड़ी इलाके की हसीना कहलाती है।'

कमल मुस्कराए बिना नहीं रह सका। भारत के लगभग सभी स्थानों में वह कई बार घूम चुका था। सभी इलाके एक से एक बढ़कर सुन्दर थे परन्तु अधिक दिन ठहरकर उसे अपने शहर की यादें सताने लगती थीं। उसने सोचा, चलो आज पहाड़ों की इस हसीना से ही भेंट करके देखें।

जब वह बूटी नगर पहुंचा तो शाम समय से पहले ही ढल रही थी। पहाड़ों की ओट में सूर्य लुप्त हो चुका था परन्तु इसकी लालिमा छितर-छितरकर...

क्षितिज पर फैली हुई थी। ऐसा प्रतीत होता था मानो रुई के मोटे-मोटे गोलों को सुर्खी में डुबोकर आकाश में टांग दिया हो। देवदार और चिनार के साये लम्बे होकर दूर-दूर तक एक-दूसरे में घुल-मिल गए थे। डाक बंगले में पहुंचते-पहुंचते उसने देखा कुछेक शहरी उसी के समान यहां आए बूटी नगर की प्राकृतिक सुन्दरता का पूरापूरा आनन्द उठाने के लिए इधर-उधर टहल रहे हैं। कोहरा घना होता जा रहा था और शाम की बची हुई लालिमा इसकी गर्भ में डूब रही थी। जब वह टट्टू से नीचे उतरा तो उसका शरीर इतना अधिक टूट रहा था कि बजए घूमने का विचार बनाने के वह आज आराम करने के पक्ष में हो गया। डाक बंगले का नौकर गोपाल था। उसको आज्ञा देकर उसने पानी गर्म करवाया। फिर नहा-धोकर जब उसने कॉफी पी तो शरीर में एक चुस्ती-सी प्रतीत की। वह गाउन पहने ही बंगले के लॉन में उतर आया। उसने देखा चन्द्रमा की गोलाई में अभी एक दिन की कमी थी। कोहरे की धुंध को उसका प्रकाश छांट-छांटकर अलग कर रहा था। सितारों के सामने बादलों के टुकड़े हवा का दामन थामे एक ओर को भागते ही चले जा रहे थे। समां स्पष्ट हो चुका था और वातावरण पूर्णतया शीतल। उसने देखा लॉन में बेतरतीबी से रखे गमलों में फूल खामोश थे। आसपा झंकाड़-सी क्यारी के बीच एक ओर पुरानी घिसी-पिटी बाल्टी, खुर्पी तथा कुदाल भी थीं। वह वहां से निकलकर आगे सड़क पर आ गया। कुछ देर टहलता रहा और जब ठंड ने उसके शरीर को काटना आरंभ किया तो वह बंगले के अंदर लौट आया गोपाल ने उसके लिए आतिशदान में आग का प्रबन्ध कर रखा था। वह वहीं कुर्सी खींचकर बैठ गया और अपने विचारों में डूब गया। रूपा ने उसका साथ यहां भी नहीं छोड़ा था।

सुबह का समय था। अपनी दूरबीन तथा कैमरा लटकाए वह डाक बंगले से बाहर निकला तो अचानक ही उसकी दृष्टि अनिच्छुक होती हुई क्यारियों पर उठ गई। उसने बढ़कर एक गुलाब तोड़ा। अपने ओवरकोट के कॉलर में टांककर उसने समीप ही रखी कुदाल देखी। उसकी अपनी कम्पनी की बनी यह कुदाल यहां तक पहुंच चुकी थी। वह मुस्कराया और आगे बढ़ गया। सूर्य अब तक सुस्त था। कोहरा भी छाया हुआ था। फिर भी इसकी धुंध में कमी होने के कारण हर वस्तु बहुत धीमे-धीमे स्पष्ट होकर उभरती जा रही थी। चिनार और देवदार के साए से होता हुआ वह छोटे-से उजड़े और खाली-खाली पहाड़ी बाजार की ओर निकल गया। इलाके की सुन्दरता को वह अपने कैमरे

में कैद करता रहा, दूर-दूर तक का समा वह एक ही स्थान पर खड़े होकर अपनी दूरबीन से देखता हुआ अकेला ही आनन्द उठाता रहा। एक-एक चप्पा फूलों के रस से प्रभावित था। यहां की सुन्दरता में खोकर वह कई बार रूपा को भूल-सा गया। अपने किए हुए पाप कि चिन्ता से स्वतंत्र-सा हो गया। प्रकृति ने इस इलाके की भेंट शायद उस जैसे दुःखी मनुष्य को ही मुक्ति प्रदान करने के लिए की थी।

शाम को उसका विचार सैर करने का था। इसलिए जब दिन भर घूमने-फिरने के बाद वह थक गया तो बंगले आकर उसने कुछ पल विश्राम किया फिर शाम ढलने से पहले जब वह तैयार होकर बंगले के बाहर निकला तो ठंड बढ़ चुकी थी। गोपाल से झील का रास्ता पूछकर वह एक ओर निकल गया। शरीर ओवरकोट से सुरक्षित था, कॉलर खड़े हुए थे, हाथ में दस्ताने थे। परन्तु फिर भी उसे ठंड-सी प्रतीत होती रही।

देवदार के जंगल से होतो हुआ वह एक चौड़े ढलवान से मैदान में पहुंचा तो कोहरा और भी घना हो गया। हर दिखाई पड़ती वस्तु का दम घुट रहा था। न पूर्णमासी का चांद था न सितारे ही। ऐसा प्रतीत होता मानो यह धुंध कभी न कम होगी। वह आगे बढ़ा। मैदान को पूर करके जब ढलवान पर उतरा तो एक झील के किनारे था। बिल्कुल किनारे। कुछेक नावें इधर-उधर खाली पड़ी पानी की छोटी-छोटी लहरों पर हल्के-हल्के कांप रही थीं। झील का दूसरा किनारा कोहरे की धुंध में अदृश्य था। उसने खड़े-खड़े चारों और देखा, कोई भी दिखाई नहीं पड़ा तो उसे सख्त आश्चर्य हुआ। कुछ सोचकर वह स्वयं ही समीप के एक शिकारे पर आ बैठा। अभी उसने शिकारे को किनारे की बंधी रससी से मुक्त करना चाहा ही था कि सहसा एक तेज परन्तु बहुत ही पतली-सी आवाज सुनकर उसके हाथ ठिठक गए।

'ऐ बाबू, यह क्या कर रहे हो?'

घबराकर उसने चारों ओर देखा। कहीं भी कोई नहीं था। परन्तु तभी कोहरे की घनी धुंध के पीछे से एक पहाड़ी लड़की उसकी ओर बढ़कर प्रकट हो गई, बिल्कुल इस प्रकार मानो आकाश से अचानक ही एक अप्सरा उत्तर आई हो।

'मैं...मैं।' उसने बौखलाकर कहा- 'मैं इस झील की सैर करना चाहता हूं।'

'सैर करना चाहते हो तो मुझे क्यों नहीं आवाज लगाई?' लापरवाही से शिकारे पर कूदती हुई वह एक ओर आ बैठी और चप्पू संभाल लिए। बोली-

'यदि नाव उल्ट जाती तो? मालूम नहीं कि यह झील कितनी अधिक गहरी है?'

वह कुछ न बोला। उसकी सुरीली आवाज के साथ वह उसकी सुन्दरता में भी खो गया। लड़की पहाड़िन थी फिर भी हिन्दी शब्दों में उसका उच्चारण बिल्कुल शुद्ध था।

लड़की उसके मन में आए विचारों से निश्चिन्त शिकारे को आगे बढ़ाने में व्यस्त थी। चप्पू को उसने पानी की गहराई में डुबाकर थोड़ा जोर दिया तो शिकारा आगे को सरका। फिर वह बहुत आराम से इसे खेती हुई मध्य की ओर ले चली।

'आज इतना अधिक कोहरा था कि मैं निराश ही हो गई थी कि अब भला कौन यात्री इस झील की सैर को यहां आएगा।' वह जैसे स्वयं से ही बोली- 'किस देश से आए हो बाबू?'

'बहुत दूर से आया हूं।'

'वह तो होगा ही।' वह बड़बड़ाई- 'परन्तु तुम अकेले ही आए हो! कोई दोस्त, कोई साथी, या फिर तुम्हारी पत्नी...।'

'अकेला ही आया हूं।' वह बोला और फिर हंस दिया।

'पहाड़ी इलाकों का आनन्दर अकेले नहीं आता।' वह बोली- 'खासकर इस झील की सैर में। कोई तो बात करने वाला होना ही चाहिए।'

'मैं अकेला कहां हूं?' उसने उसकी बात का आनन्द उठाते हुए उत्तर दिया- 'तुम जो बात करने के लिए मेरे साथ हो।'

उस लड़की ने उसे गौर से देखा। कुछ ठिठकी भी। परन्तु फिर खामोश हो गई। विचित्र ही है यह शहरी बाबू! शायद यही उसने सोचा था।

छप...छप...छप चप्पू की ताल पर शिकारा बढ़ रहा था और ज्योंही इसने झील का मध्य पार किय, चन्द्रमा धुंध का आंचल उलटकर सामने आ गया। हर वस्तु उसकी चांदनी में धुलकर सुनहरी हो गई। दूर-दूर तक पहाड़ों की चोटियों से सुनहरा झरना फूट निकला। तारे खिल पड़े, केवल कहीं-कहीं ही बादलों के सफेद टुकड़े शेष रह गए थे। जिस किनारे से वह आए थे उस ओर दूर चिनार और देवदार की पंक्तियों पर सुनहरा जाल बुना हुआ था। वातावरण इतना सुन्दर था कि वह बिना प्रभावित हुए नहीं रह सका। वास्तव में प्रकृति ने पर्वतपुर के इस इलाके को इतना अधिक आकर्षक बनाया था कि यहां आने के बाद शायद ही किसी का मन लौटने का करेगा, झील का पानी अठखेलियां

कर रहा था और इसकी नन्हीं-नन्हीं-लहरों की छाया आस-पास के पहाड़ों पर कांप रही थी। हर चप्पा खामोश था, हर वस्तु मानो किस अनोखे साज, अनोखी आवाज की प्रतीक्षा कर रही थी। इस खामोशी पर केवल एक ही स्वर था, एक ही ताल पर यह कंपन कर रहा था- पानी की छप...छप...छप।

कमल के कान इस स्वर पर लगे हुए थे परन्तु नजरें आसपास के दृश्यों को देखते-देखते कभी-कभी सामने बैठी लड़की पर भी आकर टिक जाती थीं और तब वह बहुत ध्यान से उसे देखते लगता। पहाड़ी वेश-भूषा में उसकी सुन्दतरा बिल्कुल ही अनोखी थी। पीछे को खींचकर सवरी हुई लटें, बालों पर एक छोटी-सी सफेद गुलाब की कली। गले में छोटी कौड़ियों की एक माला, कान में बड़े-बड़े लकड़ी के बुन्दे। उसकी आंखें इस झील के समान ही नीली-नीली थीं। चन्द्रमा के भरपूर प्रकाश में वह इसे बिल्कुल स्पष्ट देख रहा था, 'जहां पर कभी-कभी चांदी की भी झलक उत्पन्न हो जाती थी। आंखों की पलकें लम्बी थीं परन्तु भवें बहुत बारीक तथा कुछ मोटी-सी नाक, छोटे-छोटे पतले होंठ, गोल ठोड़ी बर्फ के एक सफेद टुकड़े के समान उसका मुखड़ा चमक उठता था। उसकी पतली कतलाइयों में दो काली तथा मोटी चूड़ियां थीं। हाथों की उंगलियां छोटी परन्तु सुन्दर जीती-जागती वस्तु थी। लगातार उसे देखते रहने के बाद जब अचानक ही उसकी दृष्टि उसकी कमर पर पड़ी तो वह चौंक पड़ा। एक कटार अटकी उसके साहस का प्रतीक थी जिस पर उसे अवश्य ही गर्व होगा। वैसे भी अन्य पहाड़ी लड़कियों का यह एक साधारण-सा अस्थ था। ऐसे ही कटार कमर में खोंसे वे कई रात जंगलों में लकड़ियां लेकर लौटा करती थीं।

शिकारा किनारे लगा तो उस लड़की ने चप्पू किनारे रख दिया।

'जाओ बाबू।' वह बोली- 'उस ओर पहाड़ों को गोद में एक छोटा-सा मैदान भी है। वहां थोड़ा घूम लो। वहां पहाड़ों की दो चोटियों के बीच इस समय चन्द्रमा को देखोगे तो ऐसा प्रतीत होगा मानो इन्होंने हाथ बढ़ाकर चन्द्रमा को आकाश से नीचे उतार लिया हो।'

वह कुछ न बोला। लड़की को एक बार देखा फिर नाव से नीचे उतरकर टहलता हुआ ऊपर की ओर चढ़ गया। पहाड़ों के दामन से जाती हुई पतली पगडंडी पर आगे जाकर वह एक पल के लिए वास्तव में खो गया। हर चप्पा ईश्वर की विशेष महिला को प्रकट कर रहा था। प्रकृति गर्व कर रही थी। परन्तु वह अधिक देर वहां नहीं ठहरा। उसने प्रतीत किया कि हर वस्तु कुछ

खाली-खाली-सी है, कुछ सोई-सोई, बेजान-सी है। ऐसे स्थान में भला अकेले किसका मन लगेगा! वह जल्दी ही वापस लौट आया और शिकारे पर एक किनारे बैठ गया।

'अरे! वह लड़की आश्चर्य से बोली- 'बड़ी जल्दी लौट आए! क्या वह स्थान पसंद नहीं आया?'

'नहीं यह बात नहीं।' वह बोला और फिर चन्द्रमा की ओर देखने लगा।

'तो फिर क्या बात है?'

'यदि इस स्थान से और भी अधिक सुन्दर स्थान में बैठने का अवसर किसी को मिले तो भला वहां कौन बैठना पसंद करेगा।' उसने लड़की की आंखों में झांकने का साहस किया।

'हूं?' वह लड़की कुछ समझी, कुछ नहीं भी। परन्तु चप्पू पर उसके हाथ अवश्य कांप गए।

'यह सुन्दर वातावरण-ऊपर आकाश में भी पूर्णमासी का चांद तथा इस झदल की गहराई में भी और मेरे समक्ष इस नाव पर भी...' उसने कवियों जैसे भाव में कहा।

उस लड़की ने उसे कुछ घूरकर देखां अपने आप ही उसका एक हाथ चप्पू पर से उठकर कमर में अटकी कटार पर जा पहुंचा। वह कांप गया। यह पहाड़ी लड़कियां भी विचित्र ही होती हैं। जरा-जरा सी बात पर अपनी आन का भय प्रतीत करने लगती हैं, वह कुछ न बोला और लड़की पर से अपनी दृष्टि हटाकर वातावरण की सुन्दरता में खो गया।

खामोशी-बिल्कुल खामोशी-केवल चप्पू की ताल का ही स्वर था।

छ प . . . छ प . . . छ प

छ प . . . छ प . . . छ प

और कुछ देर बाद कमल ने इस बात ताल का सहारा लिया। सहारा लटकाकर पानी की ठंडक से खेलते हुए उसने लहरों में टुन...टुन...टुन उत्पन्न की। फिर इसे साज बनाकर वह गुनगुना उठा। आवाज मानो अपने आप ही उसके गले से रस बनकर निकलती हुई पानी की छाती पर बिखरने लगी। गुनगुनाहट को उसने कुछ तेज किया तो पहाड़-पहाड़ियों के कान भी उसकी ओर झुक गए। देवदार और चिनार ने भी अपना ध्यान उसकी ओर समेट लिया। गुनगुनाहट को उसने शब्दों में परिवर्तित किया। यह शब्द ऊंचे स्वरों के साथ मिलकर सारे इलाके पर इस प्रकार छा गए मानो पूरा बूटी नगर उसके होंठों

के नीचे सिमट आया हो। आवाज इलाके में गूंज उठी। पहाड़ों की छाती से टकराकर वापस आने लगी और वह गाता ही गया, गाता ही गया।

तुन्द हवा का झोंका आया,
पगल पल भर दूर खड़ा।
बस इतने में आया माली,
और ले गया कली उड़ा। ।
छाया बस घनघोर अंधेरा,
कहां वह शबनम, कहां सवेरा?
चिड़ियों की चहकार कहां अब,
कहां रहा वह हेरा-फेरा ?
एक कली नाजों से पली...।

और फिर अंत करने से पहले उसने प्रारंभ के समान फिर एक अलाप खींचा। ऊंचे-से-ऊंचे स्वर से लेकर वह नीचे-से-नीच सुर तक चला आया। फिर वह गुनगुनाया। गुनगुनाहट को उसने धीमा किया और धीमा-और-धीमा और फिर वह खामोश हो गया। एक पल अपनी ही गूंज में खोए रहने के पश्चात् उसने सुना, अंत होने के बाद भी मानो उसके संगीत की गूंज वातावरण के आंचल से लिपटी हुई कांप रही है। चन्द्रमा का थिरकना रुक गया था। तारों ने बादलों को दामन छोड़कर उसकी आवाज पर तकिया कर लिया था। पहाड़ों की चोटियों से गिरते सुनहरे आबशार स्थिर हो गए थे। देवदार तथा चिनार के पत्ते शांत थे। उसने सामने देखा। वह लड़की भी खामोश थी, बिल्कुल खामोश। जान तक डूबी हुई थी मानो कानों में अब भी स्वर गूंज रहा हो। उसकी आंखों में आंसुओं की बूंदें उमड़ आई थीं।

'अरे! तुम्हारी आंखों में आंसू!' उसने आश्चर्य से पूछा।

'हूं?' वह मानो सपने से जागी- 'कहां? नहीं तो... नहीं तो...।' यह बोली और अपनी उंगली द्वारा आंखें की पलकें पोंछने लगी।

'नहीं तो क्या?' वह झट बोला, 'मुझै तो यह आंसू स्प्ष्ट दिखाई पड़ रहे हैं!'

'ओह?' वह लड़की अपने झूठ पर कुछ लज्जित-सी हुई। बोली- 'तुम्हारा संगीत ही इतना अच्छा था कि मैं अपने आंसू नहीं रोक सकी!'

'सच?' प्रसन्नता से उसका दिल खिल उठा, 'क्या सचमुच ही तुम्हें मेरा संगीत इतना अधिक अच्छा लगा?'

'हां बाबू!' वह लड़की इंकार नहीं कर सकी, 'बल्कि तुम्हारी आवाज तो इससे भी अधिक अच्छी है- बहुत ही मीठी।'

गर्व से वह झूम गया। झूमकर उसने अपने चारों ओर दृष्टि दौड़ाई तो ऐसा प्रतीत किया मानो यह आकाश, यह धरती चन्द्रमा तथा तारे, यह झील, आसपास तथा दूर-दूर तक दिखाई पड़ते दृश्य सभी उस लड़की की बातों से सहमत थे। उस लड़की की बात सुनतेही वह पहले के समान अस्थिर होकर वातावरण की सुन्दरता में सम्मिलित हो गए। परन्तु इस बार इनकी चपलता में- इनकी तीव्रता में अब पहले से कहीं अधिक गति छा गई थी। वातावरण शायद इसीलिए बहुत रोमांचित प्रतीत हो रहा था।

'बाबू!' लड़की ने चप्पू संभाले और बोली, 'इतना अच्छा गीत तुमने कहां से सीखा?'

'अरे!' वह मुस्कराया, 'यह संगीत तो मैंने स्वयं लिखा है।'

'अच्छा!' उस लड़की ने उसे आश्चर्य से देखा, 'तो फिर मुझे भी यह गीत सिखा दो न?'

'तुम! क्या तुम गा सकती हो?' उसने आश्चर्य तथा प्रसन्नता के मिले-जुले भाव से पूछा।

'हां बाबू।' वह धीमे-से मुस्कराई- 'बूटी नगर में जब भी कोई शादी-विवाह होता है तो पहाड़ी लोकगान के लिए मैं भी बुलाई जाती हूं।'

'अच्छी!' कमल की आंखें चमक उठीं- 'तो क्या वास्तव में तुम मुझसे यह गीता सीखना चाहती हो?'

'हां बाबू, मैं इस गीता को सीखना चाहती हूं, बिल्कुल इसी धुन में, इसी सुर में, जो अभी-अभी तुमने गाई थी। कितनी अधिक मिठास है इस संगीत में। मेरा तो दिल ही यह छू गया।' कहते-कहते वह लड़की मानो किसी सपने में खो गई।

कमल ने एक गहरी सांस ली। उस लड़की को देखा, बहुत प्यार से, बहुत देर तक उसकी आंखों के नीले सागर में मानो वह डूब जाना चाहता था। उसकी इस बात पर इस बार वह लड़की जरा भी नहीं ठिठकी। बल्कि उत्तर में उसने स्वयं भी कमल की आंखों में झांका, केवल एक पल के लिए और फिर अपनी दृष्टि उसने चप्पू से लगी झील की नन्हीं-नन्हीं बूंदों पर जमा दी। उसके होंठों पर एक हल्की-सी मुस्कान उभरी, गाल पर एक ओर छोटी-सी रेखा गहरी होकर अदृश्य हो गई। कमल के दिल में हजारों फूल खिल उठी। खुशी से

वह पागल हो गया। उसने प्रतीत किया मानो सारा संसार ही उसके कदमों मले झुक आया है। इस लड़की के दो मीठ बोलों ने उसके दिल वह दिमाग पर छाए एक बहुत बड़े बोझ को उतार फेंका था। उसकी एक पल की मुस्कान ने उसकी जीवन भर की गंभीरता को धोकर मिटा दिया था। अपने अंदर उसने एक विचित्र-सा परिवर्तन पाया। उसको ऐसा लगा मानो जिस शांति की खोज में वह बूटी नगर आया है वह उसके कदमों तले वास्तव में चली आई है।

उस लड़की पर से दृष्टि हटाकर उसने सारे वातावरण को परखा। एक-एक वस्तु उसके दिल की फूटती प्रसन्नता में सम्मिलित होकर बहुत बेचैनी से उसके संगीत की प्रतीक्षा कर रही थी। उसने दोबारा एक गहरी सांस ली। अपने होंठ खोले। एक गुनगुनाहट पैदा की, बिल्कुल पहले के समान ही उसने इस गुनगुनाहट में शब्द सम्मिलित किए और फिर वह गाने लगा, गाता रहा, गाता ही गया।

एक कल नाजों से पली।
रहती थी कहीं गुलजारों में।

इस गीत को उसने कई बार गाया-बहुत देर तक-यहां तक कि उसके गले की मिठास में कुछ अंतर आ गया। आवाज भर्रा गई और यहां तक कि वह गाते-गाते हांफने लगा परन्तु इस इलाके का मन जरा भी नहीं भरा। वह लड़की भी बहुत ध्यान से इस संगीत को सुनती रही।

शिकारा जब किनारे लगा तो बहुत रात हो चली थी। वह धरती पर उतरा। उसने पर्स निकाला। वह लड़की शिकारे की रस्सी किनारे गड़े खूंटे से बांधने लगी। फिर उसके समीप चली आई।

पर्स से एक दस रुपये का नोट निकालकर उसने उसकी ओर बढ़ा दिया।

'यह क्या?' उस लड़की ने उसे गौर से देखा।

'तुम्हारी मजदूरी।'

'तह तो मैं घाटे में रहूंगी।'

'क्यों?' उसने आश्चर्य से पूछा।

'क्योंकि फिर मुझे भी तो तुम्हारे संगीत की कीमत चुकानी पड़ेगी।' बहुत-ही भोलेपन से उस लड़की ने कहा, 'और इतनी बड़ी कीमत फिर मैं लाऊंगी कहां से? तुम्हें तो रोज ही शाम के समय मुझे यह गीत सिखाने आना पड़ेगा!'

'ओह!' वह हंस पड़ा। नोट को उसने वापस अपने पर्स में डाल दिया और

एक पल को उसकी सुन्दरता को परखने के बाद बोला- 'तुम्हारा नाम मैं जान सकता हूं?'

उस लड़की ने अपनी दोनों हथेलियां एक-दूसरे पर रखीं। उंगलियों को आपस में उलझाकर हथेलियां उलटी कीं और हाथ सीधा करते हुए कुछ झुककर उन्हें घुटनों तक खींचने का प्रयत्न किया। फिर धीरे-से मुस्कराकर एक पक्षी के समान चहचहाकर बोली- 'मेरा नाम तो नीली है, नीली।'

'नीली!' उसने आश्चर्य से नाम दोहराया, 'यह कैसा नाम होता है?'

नीली ने उसे चौंककर देखा, कुछ विचित्र ही दृष्टि से मानो नाम पहचााने में वह बिल्कुल ही अनाड़ी हो। फिर अपनी कमर पर हाथ रखती हुई तीव्रता से बोली- 'यह नाम मेरे बाबा ने मेरी आंखों का रंग देखकर ही रखा है।' उसने अपनी आंखों को फाड़ते हुए उसके समीप बढ़ाया और बहुत गर्व से बात जारी रखी, 'मेरी आंखें तुम्हें नीली-नीली नहीं दिखाई पड़तीं क्या?'

'नीली! हां हां तुम्हारी आंखें तो वास्तव में नीली है।' उसने बहुत प्यार से उसकी आंखों में झांका, 'बिल्कुल इस झील के समान, स्वच्छ तथा ठण्डी-ठण्डी।'

'तो फिर?'

'तो फिर?' वह चौंका, परन्तु फिर जोर से हंस पड़ा, 'हां-हां, तुम्हारा नाम तो नीली ही होना चाहिए। कितना सुन्दर नाम है यह! है न? बिल्कुल यहां के वातावरण के समान, अत्यंत सुन्दर।'

नीली मुसकरा पड़ी। मुस्कराकर खिलखिला पड़ी। उसकी मुस्कराहट में उसके गीत से भी अधिक मिठास थी। उसके छोटे-छोटे होंठों के बीच दांतों की कतार में बर्फ से अधिक चमक थी। दांतों की इस चमक से प्रभावित होकर उसने एक बार और नीली की सुन्दरता का निरीक्षण किया, इस बार बहुत ध्यान से, बहुत समीप से। ईश्वर ने उसकी सुन्दरता को कितना छांट-छांटकर बनाया था, एक-एक अंग कितना आकर्षक था। वह देखती रह गया। सहसा उसकी दृष्टि उसके बाएं कान के बुन्दे के नीचे गर्दन पर उभरी एक हल्की नीली-सी नस पर पड़ी। एक काला तिल वहां चमक रहा था। एकटक वह इसी को देखता रहा फिर धीरे-से मुस्करा दिया।

'इतनी रात हो गई है, अब तुम घर किस प्रकार जाओगी?'

उसने चारों ओर दृष्टि दौड़ाकर देखा- 'दो-चार ही तो नाव इस झील में हैं, उनके भी मांझी चले गए।'

'चले गए तो चले जाने दो।' वह लापरवाही से बोली- 'कोई सवार ही

नहीं मिी तो यहां रहकर वह करते भी क्या? रहा मेरे जाने का प्रश्न तो मैं तो इससे भी अधिक रात मैं कई-कई बार घर लौटी हूं।'

'तुम्हें डर नहीं लगता?' उसने आश्चर्य से पूछा।

'डर।' वह मानो ठहाका लगाकर खिलखिलाई। कटार को उसने कमर से निकालते-निकालते छोड़ दिया, 'यह कटार आखिर मेरे पास किसलिए है?'

'और तुम्हारे घर वाले भी तुम्हारे साहस पर विश्वास कर लेते हैं?'

'घरवाले हैं ही कहां बाबू।' नीली अचानक ही गंभीर हो गई, 'केवल एक बाबा हैं। बेचारे वह भी अंधे हैं। उन्हें भला रात और दिन का क्या अंतर?'

वह चुप हो गया। नीली की गंभीरता में उसने वातावरण को भी गंभीर होते प्रतीत किया तो बोला, 'मुझे डाक बंगले पहुंचना है। तुम भी शायद इधर ही कुछ दूर तक जाओगी?'

'हां, आओ चलो।'

और फिर दो साये एक साथ कुछ दूर-दूर होकर चलने लगे। फिर यह दूरी कम हो गई- कम और कम। फिर यह एकदम समीप हो गए। समीप होकर चलते-चलते यह देवदार तथा चिनार की धनी छांव में लुप्त हो गए।

बंगले पहुंचकर, खाना खाने के बाद जब वह पलंग पर लेटा तो केवल नीली ही उसकी आंखों के दर्पण पर छाई रही। रूपा का विचार तो एक पल के लिए भी उसके मस्तिष्क को परेशान नहीं कर सका। कितनी आसानी से एक सुन्दर अबला की समीपता ने उसे संसार की सभी चिन्ताओं से मुक्त कर दिया था? रूपा को तो वह अब याद भी नहीं करना चाहता था। किस कदर घमण्डी है वह? सब-कुछ लूटने के बाद भी वही पहला-सा अभियान है मानो कुछ हुआ ही न हो। परन्तु उसके विरुद्ध अभी तक उसने कुछ किया नहीं, शायद इसलिए कि अब उसे अपनी मान-मर्यादा का विचार आ गया हो। आखिर नारी जो ठहरी। हर दुःख सह लेने में ही उसका मान है। किसी को अपने बारे में बताकर अपमानित होने से उसे लाभ भी क्या? रूपा के आंसू देखकर केवल एक ही पल के लिए उसके मन को ठेस लगी थी, परन्तु वह भी नीली की मुस्कान के विचारों की भेंट चढ़ गई। एक ही शाम की भेंट में नीली के सपनों में वह इतना अधिक खो गया कि दिल के द्वार पर उसने रूपा को आकर खटखटाने का अवसर ही नहीं दिया।

दूसरा सारा दिन उसने बहुत कठिनाई में बिताया। कहीं और जाने का उसका मन ही नहीं किया। दिन भर बंगले में पड़ा मैगजीन से दिल बहलाता

रहा। शाम को निश्चित समय से पहले ही जब झील के किनारे पहुंचा तो नीली उसकी प्रतीक्षा कर रही थी और दिनों के समान आज की शाम भी धुंधली थी, परन्तु पिछले दिन से कम ही। कोहरा वहां शाम ढले ही चढ़ता था और फिर रात होने पर जब चन्द्रमा पहाड़ों की ओट में सरकता हुआ ऊपर चढ़ आता तो यह उसके झाग से धुलकर धीमे-धीमे बिल्कुल ही लुप्त हो जाता था।

और इसी प्रकार वह नित शाम ही अपने निश्चित समय पर झील के किनारे पहुंच जाता रहा। नीली सदा पहले से ही उसकी प्रतीक्षा करती मिलती। जब शाम ढल जाती, जब कोहरा कम हो जाात, जब इलाके में दूर-दूर तक शाम की सुर्खी अपना आंचल फैलाकर वापस समेटती-समेटती लुप्त हो जाती तो वह नीली के साथ शिकारे में बैठा हुआ दूर झील के उस पार पहाड़ों की गोद में चला जाता। नीली उसके गीत से अत्यधीक प्रसन्न थी। उसकी एक-एक बात पर वह मुस्करा पड़ती, कभी खिल-खिला पड़ती तो कभी लज्जा से अपनी पलकें झुका लेती और कभी-कभी तो आकाश पर हवाओं की गोद में बहते चन्द्रमा को छूने का उसका सपना कहीं गलत तो नहीं सिद्ध होगा?

नीली जब उसकी आवाज से आवाज मिलाकर अपनी धुन बिखेरती तो ऐसा प्रतीत होता मानो उसके होंठों से फूलों की पत्तियां छितरकर सारे इलाके को सुगन्धित कर गई हों। नीली की आवाज में लोच थी, मिठास थी, पहाड़ी लोकगीतों का उसे अच्छा ज्ञान था, इसलिए धुन पकड़ने में उसे जरा भी कठिनाई नहीं हुई। जल्द ही उसने इस गीत को सीख लिया तो कमल अब स्वयं साथ्ज्ञ गाने के अपना संगीत उसी के अधरों से सुनने लगा था। इस इलाके की एक-एक वस्तु के समान वह स्वयं भी उसकी आवाज में खो जाता था। नीली इस गीत को कई-कई बार गाती, परन्तु सदा ही अपनी ही आवाज पर वह इस प्रकार मुग्ध होती कि उसकी आंखें भर आतीं। स्वयं उसका भी मन नीली की मीठी आवाज से नहीं भरता था।

नीली को उसने बताया कि वह एक बहुत बड़े जमींदार का बेटा है। शहर में रहता है। कई-कई नौकर हैं, कारखाने हैं। जीवन को सुखमय रखने के लिए क्या नहीं है उसके पास? उसकी बातें सुनकर नीली की आंखें चमक उठीं। शहर के एक सुन्दर सपने में वह डूब जाती। फिर वह और भी बहुत कुछ उससे पूछती- शहर कैसा होता है? कितने लोग रहते हैं? वहां के लोग करते क्या हैं, पहनते तथा खाते क्या हैं? वह प्रतीत करता कि नीली, शहर देखने की

बहुत अधिक इच्छुक है। नीली की व्याकुलता, उत्सुकता तथा इच्छा प्रतीत करके वह अपने सपनों को एक नया रूप देने लगता। वह अपनी शहरी वेश-भूषा के सपनों में जाकर उसकी सुन्दरता में एक नया जीवन देखता तो दिल में खुशियों के तराने झूम उठते। नीली उसकी नस-नस में समा चुकी थी। उसके दिन-रात के सपनों में रम गई थी। उसके विचार से ही वह सारे सांर को भूल जाता, अपना शहर अपने पिता को, रूपा तथा उसकी नफरत को भी। उसे कुछ भी याद नहीं रहता।

बाइस वर्ष पहले बूटी नगर में एक बहुत बड़ा मेला लगा करता था। यह मेला अब भी लगता है, परन्तु तब की बात कुछ और ही थी। यह मेला सदियों से पर्वतपुर की परम्परा में चला आ रहा है। पूरे तीन दिन का यह मेला होता है जहां पर्वतपुर के कोने-कोने से यात्री बूटीनगर के इस मेले में सम्मिलित होने चले आया करते थे। यह मेला इस झील से हटकर, इसी किनारे एक ढालू से मैदान में लगता था। मैदान के दूसरी ओर देवदारों तथा चिनारों की घनी कतारें आरंभ होती थीं। जब मेला लगता तो दूर तक इस मैदान तथा देवदार तथा चिनार के पेड़ों की जड़ों में यात्रियों से अधिक खच्चर-टट्टू, कुत्ते, भेड़-बकरियां तथा दूसरे प्रकार के पशु दिखाई पड़ने लगते थे। इस मेले में अनेक प्रकार की प्रतियोगिताएं भी होती थीं।

एक दिन नीली ने उसे इस मेले के बारे में बहुत कुछ बताया। तैराकी में जीतने वाले को लोग बहुत मान्यता देते हैं परन्तु इससे भी अधिक सम्मान उसका होता है जो कुश्ती में सबसे बड़ा पहलवान माना जाए।

'भला ऐसा क्यों?' उसने आश्चर्य से पूछा।

'इसलिए कि सबसे बड़ा पहलवान यदि कुंवारा है तो उसे पर्वतपुर के निवासियों से किसी भी कुंवारी लड़की से विवाह करने की पूरी स्वतंत्रता मिल जाती है।'

'अच्छा!'

'हां' नीली बोली, 'परन्तु खेद की बात तो यह है बाबू कि इस रिवाज के कारण सदा हमारे ही इलाके की लड़कियों को दूसरे इलाकों में जाना पड़ता है।'

'ऐसा क्यों?'

'हमारे इलाके का कोई भी मर्द आज तक कभी पूरे पर्वतपुर का पहलवान बन ही नहीं सका।' नीली गंभीर हो गई- 'और दूसरे इलाके वाले जब भी इस पदवी से सम्मानित होते हैं तो सदा हमारे ही इलाके की लड़कियां उठा ले जाने

में अपनी शान समझते हैं।'

'यह तो बड़ी अच्छी बात है।' उसने झट कहा, 'तुम्हारे इलाके की लड़कियां सुन्दर भी तो हैं।'

'ऊंह!' नीली चिढ़-सी गई, 'इसे तुम अच्छी बात कहते हो जिसमें हमारा अपमान है। तुम नहीं जानते बाबू, हर लड़की का कुछ-न-कुछ अरमान होता है। परन्तु जब यह सारे, अरमान इस रीति-रिवाज के कारण एक बैल या सांड जैसे आदमी की इच्छा पर चढ़ जाते हैं तो एक नारी के दिल पर क्या बीतती होगी? हमारी इच्छाओं को कुचलकर वे अपनी शान में एक वृद्धि समझते हैं। अभी पिछले साल ही देखो, मेरी एक सहेली थी, शीला। बेचारी के माता-पिता चाहते थे कि उसका विवाह एक-दूसरे इलाके के बहुत ही अच्छे लड़के से हो, परन्तु कुश्ती का जीता हुआ वह मुस्टण्डा उस बेचारी के सारे अरमान कुचलता हुआ उसे उठा ले गया।'

'अरे!' कमल को यह बात सुनकर एक धक्का लगा।

'यहां से लगभग बीस कोस दूर एक इलाका है, बहादुरनगर।' उसकी परवाह किए बिना नीली ने बात जारी रखी, 'एक बार मेरे बाबा के पास वहां से मेरे लिए रिश्ता आया था।'

कमल का दिल जोर से धड़का।

'हां।' बोली वह, 'परन्तु मेरे बाबा ने इंकार कर दिया।'

'क्यों?'

'क्योंकि इससे पहले मेरा रिश्ता किसी और से तय हो चुका था।' नीली ने कहा, 'बहादुर नगर वालों को इस इंकार से बहुत निराश मिली। अधिकांश वहीं के पलहवान ही हर साल मेले में सबसे ऊंची पदवी पाते हैं। अब इस साल वहां का वह मरदूद तैयारी में है कि कुश्ती की बाजी जीतकर मुझे हर ले जाए।' नीली की आंखें भीग-सी गई, 'मेरे बाबा चाहते थे कि आने वाले मेले से पूर्व ही मेरा विवाह कर दें, परन्तु पैसों का इतना जल्दी प्रबन्ध हो ही नहीं सकता।'

'नीली।8 सहसा उसके कुछ समीप सरककर उसने नीली का हाथ पकड़ लिया। आंखों में झांककर बहुत प्यार से कहा, 'मुझसे विवाह करोगी?'

'ओह बाबू...!' प्रसन्ता से नीली की आंखों में संसार उमड़ आया। उसकी छाती से वह लिपट गई, 'तुम कितने अच्छे हो बाबू। मुझे अपना लो बाबू, मुझे बहादुर नगर के दैत्यों से बचा लो वर्ना वह मुझे जीवित ही खा जाएंगे। तुम नहीं

जानते, जो मेरा रिश्ता मांग रहा है, वह पैंतीस वर्ष का मरदूद है। मुझसे पहले तीन-तीन बीवियां रख चुका है। सबकी सब मर गईं। चार बच्चों के होते हुए भी अब वह चौथी बीवी बनाने की इच्छुक है।'

'ऐसा नहीं होगा-ऐसा कभी नहीं होगा।' कमल ने उसे अपनी बांहों में और भी ताकत से जकड़ लिया, 'मैं तुम्हें किसी के साथ नहीं जाने दूंगा। तुम मेरी रहोगी, केवल मेरी। मैं तुम्हें यहां से अपने शहर ले जाऊंगा। वहां। तुम्हें रानी के समान रखूंगा। एक-एक पल तुम्हारी सुन्दरता से चिपक अपना सारा जीवन व्यतीत कर दूंगा। बोलो, चलोगी न मेरे साथ?'

नीली ने अपनी आंखें झुका लीं। उसकी लज्जा में पूरी झील, पूरा इलाका सिमटकर उसके पगों तले चला आया। उत्तर में वह धीमे से बोली, 'यह तो मेरा सौभाग्य होगा बाबू।'

उसने नीली का मुखड़ा अपनी हथेली में थामकर ऊपर उठाया। बहुत प्यार से उसकी आंखों में झांका। झील-सी आंखों में आकाश के तारे उतरकर झिलमिला रहे थे। उसने झुककर इन आंखों के पपोटों को चूम लिया। नीली की सांसें बर्फ-सी उठती भाप के समान उसके नथुनों में प्रवेश कर गईं।

❏❏

सालाना मेला आरंभ हुआ। ऐसा प्रतीत हुआ, मानो सारा पर्वतपुर ही उठकर बूटी नगर में आ बसा हो। पहाड़वासियों में इस मेले के प्रति इतनी रुचि देखकर वह आश्चर्य किये बिना नहीं रह सका। दूर-दूर तक लोग मक्खियों के समान छा गए थे। मेले में सभी कुछ था, परन्तु फिर भी मेले का यह समय उसे कदापि नहीं पसन्द आया। यात्री इतने अधिक थे कि पूरी-पूरी रात झींील पर अनगिनत शिकारे तथा नावें चलती रहती। इस चहल-पहल के कारण वह मेले से दो दिन पहले ही से नीली से एकांत में मिलने का अवसर नहीं निकाल सका था। वह जब भी उसके शिकारे पर घूमता तो आसपास दूसरी नावें छाई रहतीं। यात्री आये, अपने साथ नावें भी ले आये थे। शायद इससे अच्छा और क्या अवसर उनके कमाने योग्य हो सकता था? साल की इसी कमाई पर तो यहां के मांझी निर्भर करते थे।

सुबह के ग्यारह बजते-बजते मेले की चहल-पहल एकदम ही बढ़ गई थी। वह भी अपना आनन्द उठाता तो इधर-उधर टहलता रहां उसने देखा, उसके समान बाहर से आए कुछेक यात्री से इस मेले से पूरा-पूरा आनन्द उठा रहे हैं। उसने मेले से नीली के लिए कुछ बहूमूल्य वस्तुएं खरीदीं। हाथी दांत

की एक सफेद तथा अत्यंत सुन्दर कंठमाला, इसका पूरा सैट-कान के बड़े-बड़े बुंदे, सिर में बालों के चारों ओर लपेटने वाली लड़ियां, नथनी, मोटी चूडियां, हाथ की उंगली में पहनने वाली एक पतली-सी अंगूठी तथा पैर की कोमल उंगली के लिए नन्ही-सी बिछियाएं। उसके पैरों के लिए उसने एक जोड़ा सुन्दर तथा बहुमूल्य घुंघरू का मोटा गुच्छा भी खरीदा। उन्हें समेटकर उसने अपने पास सुरक्ष्ज्ञित रख लयिा। उसने विचार कर लिया कि इसे वह नीली को स्वयं ही अपने हाथों से पहनाएगा। इन गहनों का उसके रूप को चार चांद लगाना एक आवश्यक बात थी। उसकी सुन्दरता कितनी अधिक निखर आएगी? इन पहाड़ी गहनों के साथ ही वह उसे शहर भी ले जाएगा। शहरी वेश-भूषा के अतिरिक्त उसे कभी-कभी नीली को उसके वास्तविक रूप में भी देखने की आवश्यकता पड़ सकती है। इसी रूप को तो देखकर वह उससे प्रेम करने लगा है।

शाम ढले जब मेले की चहल-पहल सैर की चहल-पहल में परिवर्तित हुई तो वह नीली के पास पहुंचा। उसके लिए अपना शिकारा सुरक्षित किये वह बहुत बेचैनी से उसकी प्रतीक्षा कर रही थी। उसे देखते वह दूसरों की नजरें बचाकर मुस्कराई और फिर उसे बिठाकर बीच झील की ओर ले चली।

'नीली।' दूसरे नाविकों की नजरें तथा कान बचाकर उसने धीरे-से पूछा- 'कुश्ती को अब केवल दो ही दिन रह गए हैं। अब कब घर चलोगी? चलो हम लोग आज ही भाग चलें।'

'बस बाबू, केवल परसों ही तक हमें यह देखना है।' नीली चप्पू चलाती हुई बोली, 'यदि वह बहादुर नगर का मरदूर वास्तव में कुश्ती जीत गया तो हम रात को विवाह की रस्म पूरी होने के पहले ही यहां से चुपचाप निकल जाएंगे। छिपकर भागने के रास्ते तो इस इलाके में बहुत से हैं, फिर रात में और भी आसानी रहोगी और यदि इस कुश्ती की बाजी उसके हाथ नहीं लगी तो फिर हम यहीं रुककर संतोष से जाएंगे। आगे चलकर समय निकालते हुए मैं बाबा को भी किसी न किसी प्रकार अवश्य मना लूंगी। कितना अच्छा होगा यदि मेरा विवाह बहुत सम्मान से हो।'

वह कुछ न बोला। नीली की बात उसे भा गई। जो बात सीधी तरह हो जाए उससे बढ़कर और क्या होगा? यदि बात फंसेगी और नीली को वास्तव में ही बहादुर नगर चले जाने का भय उत्पन्न हुआ तो वह निश्चय ही उसे लेकर यहां से भाग जाएगा। जाने कितनी लड़कियां यहां से हर साल चुपके

से भागकर शहरी बाबुओं के घर की शोभा बढ़ाता रहती हैं। इन पहाड़ी लड़कियों को भला कौन अपने दिल की रानी नहीं बनाना पसंद करेगा।

दूसरे दिन तैराकी की प्रतियोगिता थी। दिन भर चहल-पहल रहने के पश्चात् दिन के दो बजे इसे आरंभ होना था। कमल पहले ही से इस रौनक का आनन्द उठाने पहुंच गया। वह स्वयं एक बड़ा तैराक था इसलिए उसने इसमें विशेष रुचि ली। दूर से आये उम्मीदवार झील के उस किनारे एक ऊंचाई पर चड्ढी चढ़ाये तथा नंगे शरीर खड़े अपने रक्त को चुस्त बनाने के लिए हल्के-हल्के एक ही स्थान पर फुदक रहे थे। कमल ने उन्हें देखा तो उसके अपने शरीर में भी रक्त की गति दोगुनी हो उठी। नसें फड़कने लगी और छाती में उबाल आने लगा। उसके अंदर भी इस प्रतियोगिता में भाग लेने की इच्छा जागृत हो उठी। उसने इधर-उधर दृष्टि दौड़ाई। एक स्थान पर समीप ही उसके डाक बंगले का नौकर गोपाल खड़ा हुआ था। वह झट उसके पास पहुंचा।

'गोपाल।' उसने पूछा, 'क्या इस प्रतियोगिता में केवल पर्वतपुर के निवासी ही भाग ले सकते हैं या...।'

'सभी आग ले सकते हैं, बाबू साहेब।' गोपाल बोला, 'परन्तु शहरी बाबू लोग इससे स्वयं ही दूर भागते हैं। इस झील में पहाड़ियों के मुकाबले तैरना भला उनके वश की बात किस प्रकार होगी।'

वह कुछ न बोला। उल्टे गोपाल की बात पर उसे हंसी-सी आ गई। उसे लेकर वह झील के किनारे आया। एक नाव की और दूसरे रास्ते से चलकर वे उस पार पहुंचे जहां प्रतियोगिता के लिए पहाड़ी पट्ठे आशा लगाए खड़े थे। उसने भी झट अपने सारे गर्म कपड़े उतार डाले। चड्ढी कसकर उसने गोपाल को सारे कपड़े थमाये तथा उस पार चलकर उसकी प्रतीक्षा करने की आज्ञा दी तो वह फटी-फटी आंखों से उसे देखे बिना न रह सका।

'आप भी इसमें सम्मिलित हो रहे हैं क्या?' उसने आश्चर्य से पूछा।

'हां आं-क्यों?' वह मुस्कराया।

'मेरा मतलब बाबू साहेब।' गोपाल हिचकिचाया, 'यह शहर का तालाब नहीं है जिसे आप इतनी आसानी से पार कर सकेंगे। इस झील की ठंडक तो यहां के पहाड़ियों के शरीर में भी कांटे के समान चुभने लगते हैं, पिुर आप तो...।'

वह कुछ न बोला। दोबारा उसे आज्ञा दी कि वह उस पार पहुंचे और फिर मुस्कराता हुआ वह उम्मीदवारों की कतार के बिल्कुल अंत में जाकर खड़ा हो

गया। उसने एक ऐसा स्थान लिया जो पानी की सतह से पहाड़ समान ऊंचा था और जहां से उसे खड़ा देखकर एक बार सभी उसकी मूर्खता पर मुस्करा दिए थे। उसने भी वहां खड़े-खड़े उड़ती-सी दृष्टि सभी उम्मीदवरों पर डाली और फिर उसके बाद उसने झील के उस पार अपनी मंजिल की ओर देखा। दर्शकों की इतनी अधिक भीड़ थी मानो टिड्डियां धरती पर उतर आई हों। लोग बुरी तरह धक्के खाकर समुद्र की मौजों के समान एक ओर को ढुलक जाते थे। उम्मीदवारों के संबंधियों के हाथों में मालाएं भी लहरा रही थीं। कुछेक न्यायाधीश भी एक ऊंचाई पर बैठे अपने गौरव के उपयोग के प्रतीक्षक थे। वह मन-ही-मन मुस्कराया। मुस्कराकर उसने एक गहरी सांस ली मानो अपने-आप पर उसे पूरा विश्वास था।

सहसा बहुत तीव्रता के साथ वातावरण में एक शंख गूंजा। उम्मीदवार सतर्क होकर झील की सतह की ओर झुक गए। फिर एक आवाज ऊंची हुई। भाषा पहाड़ी थी जिसे वह नहीं समझ सका। परन्तु ज्योंही आवाज की समाप्ति पर उम्मीदवार झम से पानी की सतह पर कूदे तो उसवने भी छलांग लगा दी। झील के उस पार तालियों का शोर इतना तेज उठा था कि इस पार भी आवाज आ गई थी। वृक्षों पर बैठे पक्षी भी कांपकर उड़ गए थे। उसने हवा में ही कलाबाजियां लगाईं- एक...दो...तीन और फिर सांस रोककर वह झील की सतह पर सिर के बल, अपने हाथों को आगे ताने हुए छपाक से गिरकर पानी की गहराई तक प्रवेश करता चला गया। अन्दर ही अन्दर उसने अपने हाथ-पैर चलाये और कुछ देर बाद जब वह ऊपर उभरा तो शोर से उसके कान फटने लगे। दर्शक भी चीख-चीखकर अपने म्मीदवारों को उत्साह दे रहे थे। सांस को हवा में फिर खींचते हुए उसने अपने चारों ओर दृष्टि दौड़ाई। कुछ तैराक आगे थे, कुछेक पीछे। सभी जी-जान से हाथ-पैर चलाते हुए अपनी-अपनी गति को बढ़ा रहे थे। उसने पानी का एक घूंट लिया और हवा में इसे उछालने के बाद दोबारा एक गोता मारा। अन्दर ही अंदर वह तैरता हुआ आगे पहुंचा, पहले से भी कुछ अधिक तेजी के साथ। सतह पर वह फिर उीरा। अब उसके आगे केवल दो तैराक थे। कुछ दूर तक वह यूं ही उनके पीछे लगा-लगा तैरता रहा, फिर एक अंतिम बार उसने और डुबकी ली। पूरी चुस्ती समेटकर उसने लम्बे-लम्बे हाथ मारे और काफी देर बाद जब वह पानी की सतह पर फिर उभरा तो मैदान साफ था। आगे कोई भी नहीं था और उसके पीछे तैरने वाला तैराक हताश-सा उसे घूर-घूरकर देखता हुआ और भी पीछे छूटता जा रहा था।

उसने संतोष की सांस ली और पीठ के बल तैरता हुआ किनारे जा लगा।

समस्त बूटी नगर के निवासियों ने उसे लपककर किनारे आ खींचा। उसे घेर लिया और फूलों की मालाओं द्वारा उसका शरीर तक ढंक दिया। उसकी वह जय-जयकार कर चिल्लाने लगे।

भीड़ से उचककर उसने अपनी दृष्टि चारों ओर दौड़ाई। सारे ही दर्शक उसे बहुत प्रशंसनीय दृष्टि से देख रहे थे। उसने देखा, लड़कियों के समूह में खड़ी नीली उसे देखते हुए इतना अधिक प्रसन्न थी कि उसके पग एक ही स्थान पर खड़े-खड़े उछल पड़ते थे। यदि उसे लोक-लाज का भय नहीं होता तो निश्चय ही वह उसकी इस सफलता पर दौड़कर उसके गले में लिपट जाती।

उस रात बूटी नगर के इस सफलता पर एक बहुत बड़ा जश्न हुआ। पहाड़ी नृत्य तथा पहाड़ी लोकगीतों से यहां के निवासियों ने इस रात को एक दुल्हन के समान सजा दिया। कमल को इस जश्न में ऐसा आदर दिया गया जिसे सराहे बिना वह नहीं रह सका। इनके दिलों में अपने लिए एक देवता का रूप पाकर उसे एक विचित्र ही गर्व का आभास हुआ। इनकी प्रसन्नता में सम्मिलित होकर उसने प्रतीत किया कि अपने से छोटे लोगों से प्रापत किये गए प्रेम में जो मिठास है वह किसी और में नहीं। उसके सम्मान में वह जश्न बहुत रात तक चलता रहा। नीली की मधुर आवाज उसकी सहेलियों के बीच सबसे ऊंची होकर इलाके में दूर-दूर तक फैलती चली गई। ढोलक की थाप तथा घुंघरू की झंकार से रात के वातावरण में इत्र घुल गया।

उसने इस जश्न का पूरा-पूरा आनन्द उठाया।

दूसरे दिन अर्थात् मेले के तीसरे तथा अंतिम दिन कुश्ती की प्रतियोगिता थी। लगभग साढ़े ग्यारह बजे जब वह अखाड़े पहुंचा तो कुश्ती आरंभ हो चुकी थी। उसने देखा, पहलवानों के कुछ झुंड अलग-अलग बैठे एक-दूसरे की मालिश करने में व्यस्त थे। एक किनारे वह भी खड़ा हो गया जहां समीप ही गोपाल भी खड़ा हुआ बहुत ध्यान से गठीले शरीरों को देख रहा था।

'यह किसका दल है गोपाल?' उसने धीरे से पूछा।

'यह बहादुर नगर का है बाबू।' गोपाल बोला, 'एक-एक पहलवान मानो पैदाइशी कुश्तीबाज है। है न बाबू?'

'हां!' उसने कहा और उनके बीच सभी को बारी-बारी मरखने लगा। इसमें से कौन पहलवान ऐसा हो सकता है जो नीली का हाथ थामने का इच्छुक है? उसके पीछे झण्डी थामे एक बांस गड़ा हुआ था। वह इसी के सहारे खड़ा

होकर कुश्ती देखने लगा। कुश्ती कुछ अलग ही ढंग से हो रही थी। पहले दो अलग-अलग इलाके के पहलवानों को लड़ाया जाता था। इनमें से जीतने वाले को उसके समूह में बैठने की आज्ञा मिलती, तथा हारे हुए को अलग कर दिया जाता। लगभग सभी दलों के पहलवानों की गिनती कम होते-होते समाप्त हो गई। केवल बहादुर नगर का दल ही उसी प्रकार स्थिर था। जब इनसे कोई बाहरी इलाके का पहलवान लड़ने को नीहं बचा तो अब इन्हीं की कुश्ती आपस में कराकर हार-जीत का निर्णय किया जाने लगा। दो-दो पहलवानों को लड़ाकर इसके भी हारे व्यक्तियों को दल से अलग कर दिया गया तथा जीते हुओं का दूसरा दल बना दिया गया। फिर इन जीते हुओं का दूसरा दल बना दिया गया। फिर इस जीते हुए दल में से भी दो-दो पहलवानों को लड़ाकर इसी प्रकार एक अलग दल बनता गया। इस प्रकार पहलवानों की गिनती पहले आधी हुई फिर दूसरी कुश्ती में और आधी और फिर तीसरी कुश्ती में अंत तक केवल दो ही पहलवान बचे। हर कुश्ती थोड़ा-थोड़ा विश्राम के बाद होती रही थी ताकि पहलवानों को एकदम ही से दूसरे से लड़ने में थकावट का एहसास न हो सके। उसने देखा दर्शकों में एक तेज उत्साह भरा है। बहादुर नगर के पहलवानों के गर्व में वे भी सम्मिलित थे। चारों ओर अत्यंत शोर था, धूम मची थी। अंतिम कुश्ती आरंभ होने से पहले एक लम्बा विश्राम था, इसलिए जब दर्शक उठकर इधर-उधर की खाने-पीने की वस्तुओं में जुट गए तो वह भी वहां से हटा और एक किनारे खड़ा होकर दर्शकों की तस्वीरें खींचने लगा। परन्तु तभी अचानक ही उसके समीप एक लड़की खड़ी हो गई। उसकी दृष्टि को अपने ऊपर गड़ी पाकर उसने उसे आश्चर्य से देखा। उस लड़की का मुखड़ा एक मुर्झाए फूल के समान उदास था।

'बाबू।' वह धीमे स्वर में बोली, 'मैं बसन्ती हूं, नीली की सहेली।'

'ओह!' उसने संतोष की सांस ली।

'ऐसा लगता कहै नीली का वह दीवाना बहादुर इस कुश्ती को जीतकर ही रहेगा।' वह जल्दी से बोली, 'गांव वाले जानते हैं कि नीली उसको जरा भी नहीं चाहती। उन्हें डर है कि नीली उस मरदूर के साथ जाने के बजाय आत्महत्या कर लेगी। इसीलिए उन्होंने अब उसे चारों ओर से घेर रखा है। अब वह उस समय तक नहीं निकल सकती जब तक इज्जत से बहादुर के न सुपुर्द कर दी जाए।'

'लेकिन...।' उसने कहना चाहा।

‘उसके दीवाने का नाम ही बहादुर है, वही जिसकी अभी कुश्ती होगी।’ वह लड़की उसकी बात काटकर बोली, ‘अब उसे कोई नहीं जीत सकता। नीली ने कहा है कि तुम रात के आठ बजे इलाके की सीमा पर उसकी राह देखना। यदि आ गई ता ठीक ही ठीक है वरना समझ लेना कि उसने अपनी जान दे दी।’

‘बसन्ती।’ उसके दिल को धक्का लगा। सारी उसे आशाओं पर एकदम ही पानी पड़ता दिखाई देने लगा।

‘नीली वह खड़ी रो रही है।’ बसन्ती ने एक ओर इशारा किया।

उसने देखा, कुछ ही दूरी पर लड़कियों के झुण्ड में नीली बहुत उदास तथा निराश खड़ी उसी को निहार रही थी। उसकी आंखों में आंसू थे और नजरों में एक विनती। शायद वह कहना चाहती थी कि बाबू मुझे इस दैत्य से बचा लो। उसने पलटकर बसन्ती से कुछ कहना चाहा परन्तु वह दूसरों की उपस्थिति के कारण वहां से जा चुकी थी। वह मन-ही-मन तड़पकर रह गया।

विश्राम का समय समाप्त होते ही जब शंख का स्वर वातावरण में गूंजा तो दर्शक अखाड़े की ओर समुद्र के बहाव के समान उबल पड़े। चहल-पहल तथा शोरगुल पहले से भी अधिक बढ़ गया। जब दो पहलवान झूमते हुए अखाड़े पर उतरे तो दर्शकों में सनसनी-सी फैल गई। इनकी कुश्ती देखने के लिए वे और आगे सरक आए। वह भी अपने पहले स्थान पर आकर खड़ा हो गया और कुश्ती आरंभ होने की प्रतीक्षा करने लगा। नजरें बहादुर पर जमी हुई थीं जिसके डील-डौल तथा होंठों पर आई जीत के विश्वास की मुस्कान ने उसे एक ही झलक में अपना परिचय दे दिया था। बहादुर नगर का यह बहादुर नाटे कद का होने के पश्चात् भी बहुत फूला हुआ था। पेट आगे को निकला था फिर भी शरीर में बला की फुर्ती थी। उसके हाथ-पैर, तथा सभी जोडों में गांठें पड़ी उसकी मेहनत का ठोस प्रतीक थी। इससे पहले उसने जब भी कुश्ती जीती थी तो सदा ही चौड़े मुखड़े पर लाली छा जाती रही। आंखें चमकाकर व लड़कियों की टोली में यूं झांक लिया करता था मानो उसके सपनों की तस्वीर वहीं छिपी बैठी हो। उसकी इस हरकत पर कमल को पहले भी शक हुआ था कि कहीं यही तो नहीं है नीली का दीवाना परन्तु जब सभी जीतने वालों को वह उस ओर बहुत ललचाई दृष्टि से देखता पाता तो वह अपने संदेह पर कोई निश्चित नहीं कर पाता था। परन्तु अब यह बात बिल्कुल प्रकट थी और अब बहादुर को देखकर उसमें नीली के प्रति अत्यधिक चिन्ता का

उत्पादन हुआ। बहादुर के सिर पर बाल बहुत कम थे। भवें केवल नाममात्र को ही थीं। आंखें छोटी, नाक चपटी, होंठ मोटे तथा ठुड्डी मानो थी ही नहीं। नीली के भाग्य पर उसे तरस आया। परन्तु उसने सोच रखा था कि वह आसानी से नीली को खोकर अपने दिल का संसार हर्गिज नहीं उजड़ने देगा। उसके अंदर एक नया बल एकत्र होता जा रहा था।

कुश्ती आरंभ हुई तो दर्शकों के अंदर और भी व्याकुलता छा गई। वह अखाड़े के और भी समीप सरक आए। उनमें एक विचित्र ही प्रकार का उत्साह था, शायद इसलिए कि मेले का सबसे अकिध महत्वपूर्ण तमाशा यही था। जीतने वाला किसी राजा से कम सम्मानित नहीं किया जाता था।

बहादुर ने अखाड़े की मिट्टी उठाकर अपने मस्तक पर लगाई और फिर चारों ओर देखकर मुस्कुराते हुए उसने बहुत जोर से ताल ठोंकी। दर्शकों की हलचल और बढ़ गई। बहादुन ने बहुत चुस्ती के साथ अपना कमाल दिखाया। अपने विपरीत पहलवान को उसने कई बार इस प्रकार दांव दिया मानो किसी बच्चे को खिला रहा हो। फिर अधिक समय नष्ट न करने के विचार से उसने उसे बिना अवसर दिए ही बहुत आसानी के साथ चारों खाने चित्त गिरा दिया। उसकी छाती पर अपना पैर रखकर उसने अपना हाथ हवा में लहराया और अपने मोटे-मोटे होंठ फैलाकर बड़े और पीले दांत बाहर निकाल दिए। चारों ओर शोर गूंज गया। उसके नाम की जय-जयकार से इलाका थिरक उठा। बहादुर ने बहुत गर्व से अपनी छाती फुलाई और फिर हाथ हिलाकर दर्शकों के प्रशंसनीय नारों का स्वागत किया। कुछ देर बाद उसने हाथ के ही इशारे से दर्शकों को चुप रहने का निवेदन किया। चारों ओर तूफानी शोर छोटी-छोटी लहरें बनते-बनते समतल पानी के समान खामोश हो गया। दर्शक उसके मुंह से दो शब्द सुनने की बहुत व्याकुलता से प्रतीक्षा करने लगे। आज का राजा उनसे सम्बोधित है-

'बंधुओ।' अपनी हांफती, फंसती आवाज में उसने नारा लगाते हुए कहा, 'हमें खेद है कि इस साल हमारे तैराक की तबियत ठीक न होने के कारण वह इस साल की प्रतियोगिता में प्रथम नहीं आ सका। फिर भी मर्दों के खेल में हमारा इलाका आज भी सबसे आगे है और सदा रहेगा भी और यदि अब भी किसी को हमारी ताकत पर संदेह है तो मैं उसे यहां, इसी समय, अपनी शंका को दूर करने का अवसर देता हूं।' बहादुर ने कहते-कहते कमल पर यूं दृष्टि डाली मानो व्यंग्य उसी पर कस रहा हो। शायद फल तैराकी प्रतियोगिता में

असफल होने के कारण वह बहुत खिसिया-सा गया था। कमल को यह खुली चुनौती थी जो अपनी आदतानुसार वह सहन नहीं कर सका। उसके हाथों की मछलियां फड़क उठीं।रानों की गुठलियां ऊपर-नीचे तन गईं। बहादुर को उसने घूमकर देखा। परन्तु वह बहुत लापरहवाी ने उस पर मुस्कुराता हुआ कहता ही गया, 'बहादुर नगर के लिए सबसे बड़े दुःख की बात तो यह है कि हमें अपनी ताकत का उपयोग करने का अवसर राष्ट्रीय प्रतियोगिता में नहीं मिलता वरना हमारा दावा है कि आज सारे देश में ही हमारे नाम का डंका बजता। पर्वतपुर शहर से इतना दूर है कि हमें किसी ऐसी प्रतियोगिता की सूचना कभी समय पर प्राप्त ही नहीं होती है। आज अपनी जीत के उपहार में मैं जिस लडकी को प्राप्त करना चाहता हूं वह लड़की...' बहादुर ने लड़कियों के दल पर आंखें बिछाईं, परन्तु नीली वहां अपनी सहेलियों के मध्य फूट-फूटकर रो रही थी। उसकी हिचकियों पर बहादुर के ठहाके निकल गए। उसने नीली की ओर इशारा करके अभी कुछ कहना ही चाहा था कि तभी वातावरण में एक बादल-सी गरज उत्पन्न हुई-

'ठहरो।' कमल ने चीखकर क्रोध से कहा।

और दर्शक चौंक पड़े। सभी की दृष्टि उसकी ओर पलट आई। नीली ने भी सिसकते हुए एक नजर उसकी ओर की और एक अज्ञात भय से कांप उठी। कमल का दिल तड़पकर रह गया। उसके शरीर में रक्त की गति अत्यधिक तेज हो गई। वह और सहन नहीं कर सका। झुककर उसने बूट उतारने आरंभ किए तो वहां गोपाल लपककर चला आया।

'यह आप क्या करने जा रहे है बाबू साहेग?' उसने घबराते हुए पूछा- 'आप नहीं जानते, यह बहादुर नगर के कितने भयानक लोग हैं। आपको इसलिए चुनौती दी है ताकि आपसे कल की अपनी हार का बदला ले सके। आप हर्गिज उनसे लड़ने का विचार न करें।'

'तुम चुप रहो।' कलन ने उसे सख्ती से डांटा और फिर जूते फेंकता हुआ अखाड़े पर जा पहुंचा।

बहादुर उसी को घूर रहा था।

'मैं तुम्हारी चुनौती को स्वीकार करता हूं।' अपना हाथ आगे बढ़ाते हुए कमल ने कहा।

बहादुर मुस्कराया। बहादुर नगर के सभी निवासी इस प्रकार हंस पड़े माना गलती से एक चींटी ने हाथी की चुनौती को स्वीकार करने की इच्छा प्रकट

कर दी हो।

'अरे बाबू साहब।' सहसा दर्शकों में से एक ने बहुत तेज आवाज में उसके ओवरकोट पर चोट की- 'कुश्ती क्या यह कम्बल ओढ़कर लड़ोगे?'

'यह पानी का अखाड़ा नहीं है बाबू, यह मिट्टी का अखाड़ा है जहां मिट्टी के शेर लड़ते हैं।' दूसरा व्यक्ति चीख रहा था, 'अब भी समय है नीचे उतर आओ वरना हाथ-पांव की हड्डियां जोड़ने के लिए यहां डाक्टर भी नहीं मिलेगा।'

'बाबू।' तीसरा भी बोला, 'बहादुर नगर वाले दूध पीते हैं कहवा नहीं। जाओ खेलो, अभी तुम्हारे लड़ने के दिन आने में कई जन्म बाकी हैं।'

एक आवाज पर ठहाका आरंभ हुआ था और दूसरों की आवाजें पकड़कर अब यह ऊंचा होता ही जा रहा था। दर्शक उसका उपहार करने में इतना आनन्द उठा रहे थे मानो गांव में आई नौटंकी का वह कोई जोकर था। दर्शक हंसते ही गए।

और तभी एक दर्शक ने उसका बूट लाकर अखाड़े पर रख दिया और जोर से बोला- 'लो बाबू, अपना जूता पहन लो, वरना पैरों में ठंड लग जाएगी।'

दर्शक और जोर से हंस पड़े। उसके दिल को धक्का लगा। उसने तुरंत ही आगे बढ़कर बहादुर का हाथ थाम लिया। बहादुर ने उसकी हथेली को अपने पंजे में दबाना चाहा। परन्तु कमल बहुत आसानी से उसे छुड़ाकर नीचे उतर आया। चुनौती ग्रहण कर ली गई।

कमल ने अपने कपड़े उतारे और चड्ढी कसी। फिर अपने कपड़े गोपाल को थमाते हुए वह अखाड़े में उतर आया। दो-चार बैठकी लगाकर जब उसने अपनी छाती फुलाई तो दर्शक उसके बेदाग तथा गठीले शरीर को देखते ही रह गए। पेट नाममात्र भी नहीं था। रानें घोड़े के समान भरी-भरी तथा तनी हुईं। उसका भरा-भरा गठीला शरीर पतली कमर के साािा एक जंगली शेर के समान आकर्षक था। दर्शकों के मुंह से उठे ठहाके का फौव्वारा मद्धिम होकर रुक गया। वह आगे बढ़कर अखाड़े से सट गए।

यद्यपि उसे मेहनत किए हुए काफी दिन हो रहे थे। अभ्यास छूटने से शरीर कहीं-कहीं ढीला पड़ गया था, परन्तु फिर भी वह अब तक अपने प्रांत का सबसे अधिक स्वस्थ पुरुष था। अब भी वह मि. इण्डिया प्रतियोगिताओं में भाग लेकर सफलता पा सकता था। पर्वतपुर में शायद पहली बार ऐसा ऐसा व्यक्ति प्रकट हुआ था। जिसके रंग-रूप तथा मर्दानगी में कोई भी कमी नहीं

दिखाई दे रही थी।

उसने मुस्कराती दृष्टि से दर्शकों का निरीक्षण किया, उनके उत्साह तथा आश्चर्य में उसने अधिक रुचि न लेकर लड़कियों के झुण्ड में देखा। नीली विस्मित-सी उसी को निहार रही थी। उसकी आंखों में एक नया तेज उत्पन्न हो चुका था, नई आशा, नई उमंग। आंसू खुशियों के सागर में परिवर्त्तित हो चले। होंठों पर ऐसी मुस्कान थी जिसे वह छिपाना चाहकर भी नहीं छिपा पा रही थी। उसके खड़े होने के अंदाज में एक नई जीत का विश्वास था। कमल को देखकर जब वह और खुलकर मुस्कराई तो कमल के शरीर में दस गुनी ताकत बढ़ गई। जोश बेसब्र हो गया। शरीर स्फूर्ति से उछलने लगा। उसने बहादुर पर दृष्टि डाली। आंखें फाड़-फाड़कर वह उसी को घूर रहा था। उसकी खामोशी में भय का भी एक अंश था। दृष्टि मिलते ही वह ठिठका और जब कमल उसे निरुत्साह को प्रतीत करके कुछ कुटिलता से मुस्कराया तो उसके रोंगटे खड़े हो गए। शायद अपनी दी हुई चुनौती पर उसे अफसोस था। बेकार ही उसने शेर की मांद में हाथ डाला।

'क्यों बहादुर!' कमल ने अपने हथेलियों को एक-दूसरे पर रगड़ते हुए पूछा- 'अपने लड़ने का विचार तुम बदल तो नहीं रहे हो?'

बहादुर तिलमिलाकर रह गया था। क्रोध से जला वह अपना सब्र खो बैठा और एक भूखे भेडिए के समान उस पर झपटा। परन्तु कमल के शरीर में भी स्फूर्ति शेर के समान कूट-कूटकर भरी थी। यद्यपि वह एक अच्छा कुश्तीबाज नहीं था, परन्तु वेटलिफिटिंग का चैम्पियन होने के कारण उसके शरीर में बहादुर से चार गुनी ताकत भरी पड़ी थी। उसके झपटने पर कमल एक ओर हट गया और जब दोबारा बहादुर ने उस पर अपना दांव चलाने के लिए अपने पंजे उसकी ओर बढ़ाए तो कमल ने बहुत चुस्ती के साथ अपना दाहिना हाथ उसकी रानों के बीच रखा और बायां हाथ उसकी दाहिनी बगल के नीचे। फिर कुछ झुककर एक ही झटके में उसे वेटलिफ्टिंग के समान अपने सिर से ऊंचा तान दिया। बहादुर इसके लिए तैयार नहीं था। ऊपर ही ऊपर वह अपने हाथ-पांव चलाते हुए छटपटाने लगा। इससे पहले कि प्रयत्न करके वह अपने को कमल की पकड़ से मुक्त कर सके, कमल ने उसे हवा में ही एक फेरा नचाया और फिर अखाड़े की मुंडेर पर पसली के बल यूं फेंका कि बहादुर गिरकर दोबार उठ नहीं सका। कमर की चोट से वह बेहोश हो गया था। उसकी आंखें पलट रही थीं।

सब देखते ही रह गए- बिल्कुल भौंचक्के-से, मानो कोई चमत्कार उनकी आंखों के सामने उत्पन्न हुआ है। अचानक इतनी जोर की ताली बजी, इतना तेज शोर हुआ कि कमल के कान ही फट गए। बूटी नगर की प्रसन्नता तो बस देखते ही बनती थी। ऐसा प्रतीत होता था मानो उनके इलाके में एक देवता ने जन्म लेकर उन्हें सदियों से चलती परम्पराओं के बोझ तले दबी लज्जा से छुटकारा दिला दिया।

कमल ने अपनी हथेली में लगी गर्द को झाड़ा और मुस्कराते हुए नीली पर आंखें बिछायीं। नीली ताली बजा-बजाकर इस प्रकार उछल रही थी मानो उसने एक पूरा संसार जीत लिया था। कितनी अधिक वह खुश थी। उसकी आंखों से आंसुओं का झरना फूट निकला था। उससे नजर मिलते ही वह अपने समीप खड़ी सहेली के गले से लिपट गई।

हाथ को हवा में लहराकर उसने दर्शकों की प्रशंसा का स्वागत किया और फिर अखाड़े से नीचे उतर आया। परन्तु तभी बूटी नगर के वासियों ने लपककर उसे कंधों पर उठा लिया। उसकी जय-जयकार करते हुए वे उसे अखाड़े पर दोबारा लेकर आए। उन्होंने मांग की कि वह अपनी जीत के उपहार में इसी समय केवल बहादुर नगर की लड़की ही का हाथ्ज्ञ मांगे। इससे बूटी नगर का सम्मान और बढ़ेगा। बूटी नगरवासी इस मांग पर बार-बार चिल्लाकर जिद्द कर रहे थे। एक पल के लिए वह चक्कर में पड़ गया। कुछ समझ में नहीं आया कि किस प्रकार उन्हें अपनी विवशता समझाये। बहादुर से लड़ने का खतरा तो उसने केवल नीली को बचाने के लिए ही लिया था। नीली के आंसू तथा अपने दिल की पुकार प्रतीत करके ही तो उसने इतना बड़ा पग उठाया था। यदि वह इसमें असफल रहता तो उसका कितना बड़ा अपमान होता और तभी उसे एक बात सूझी। उसने चुपके से गोपाल के कान में कुछ कहा।

और गोपाल ने उसकी बात बूटी नगर के निवासियों में पहुंचा दी।

पल भर में ही यह बात सारे निवासियों में फैल गई। बाबू शादी-शुदा है, बाबू की शादी हो चुकी है, वह किसी भी लड़की से विवाह नहीं कर सकता। बहादुर नगर की लड़की को ब्याहकर वह बूटी नगर के अपमान का बदला नहीं ले सकता। परन्तु फिर भी बूटी नगर संतुष्ट था। बहुत खुश थे यहां के निवासी। शायद उनके होश में यह पहला अवसर था। जब बूटी नगर का एक ही उम्मीदवार तैराकी तथा पहलवानी दोनों ही प्रतियोगिताओं में प्रथम पुरस्कृत हुआ था। यह सूचना नीली तक भी पहुंची। उसने देखा उसका खिला मुखड़ा

अचानक उदास हो गया है। आंसू जारी हैं और होंठ कांप रहे हैं। ऐसा लगता था मानो इतना बड़ा दुःख उससे सहन नहीं हो सकेगा। उसका दिल बैठता प्रतीत हो रहा था।

उसने चाहा वह नीली से मिले, उसे समझाए उस पर अपनी वास्तविकता प्रकट करे। ऐसा न हो कि इस निराशा की चोट न सहन कर सकने के कारण वह कुछ कर बैठे। एक भोली-भाली निर्बल-सी लड़की है वह जिसने उस पर विश्वा करके कितने बड़े-बड़े सपने देखे होंगे। प्रयत्न के बाद भी वह उससे नहीं मिल सका। बूटी नगर के वासियों ने उसे एक पल को भी अपने से अलग नहीं होन दिया। लोग उस पर टूटे पड़ रहे थे।

उस रात बूटी नगर के झील की किनारे वाले मैदान में बहुत बड़ा जश्न हुआ। इसकी चहल-पहल पहले से दोगुनी थी। चारों और मशालों तथा दीपकों द्वारा प्रकाश का झाग था। इस झाग की चमक झील की सतह पर दूर तक झिलमिला रही थी। उस रात बहुत देर तक पहाड़ी लोकगानों के साथ नृत्य भी चलता रहा। उस रात बूटी नगर के मर्दों ने खूब जमकर मदिरा का उपयोग किया। झूम-झूमकर वह नृत्य का आनन्द उठाते रहे। उस रात इलाके के घर-घर में दीपक जले। उस रात मर्दों ने पहली बार प्रतीत किया कि वे भी पर्वतपुर के एक ठोस जवान है। उस रात बूढ़ों को वर्षों से देखे सपनों की पूर्ति मिली। कुंवारियों को अपनी मांग में सिन्दूर लगाने के लिए अपने मनचाहे प्रीतम की उंगलियों का स्पर्श प्राप्त हुआ। उस रात बच्चों में इस कथा को स्थिर रखने के लिए एक नया जोश, एक नया बल उत्पन्न हुआ। कमल ने अपनी सफलता द्वारा उनके जीवन में साहस का बीज बो दिया था।

नीली ने अपनी सहेलियों के साथ कई पहाड़ी लोकगीत गाए। कई बार नृत्य भी किया। उसकी आवाज में शब्दों को निवासियों ने खुशी का तराना प्रतीत किया। उसकी आंखों में आए आंसुओं को लोगों ने उसकी असीमित खुशी का कारण समझा। परन्तु कमल उसकी वास्तविकता को समझ रहा था। उसके गले से निकलती आवाज की कंपन का भेद वह भली-भांति जानता था। जब नीली थिरककर कभी-कभी उसके समीप से गुजरती हुई तथा उस पर नजर डालती हुई अपने संगीत द्वारा प्यार की दुहाई देती तो उसका दिल फट जाता। जी चाहता कि वह लपककर उसका हाथ पकड़ ले। उसे अपनी छाती से लगा ले। उसे अपनी मजबूरी का कारण समझाएं।

नीली से वह एक पल को भी एकांत में नहीं मिल सका। दिल में दर्द

लिए वह लगभग सुबह तीन बजे अपने डाक बंगले पहुंच गया था।

शाम ढलने से पहले ही वह झील के किनारे पहुंचा तो ऐस प्रतीत हुआ मानो एक दिन पहले की चहल-पहल बिल्कुल एक सपना थी। चारों ओर खामेशी थी। यात्री अपने-अपने इलाके में लौट चुके थे। वरना कुछ भी वहां नहीं था। न कोई आदमी न कोई पशु ही। केवल गंदगी ही गंदगी चारों ओर फैली थी जो लुप्त होने के लिए वर्षा की प्रतीक्षा कर रही थी।

सूर्य डूबा नहीं था। उसकी सुर्खी से इलाके की सभी वस्तुएं प्रभावित थीं। उसने झील पर दृष्टि की। केवल तीन-चार नावें ही शेष थीं जिन पर बचे-खुचे यात्री या शायद परदेसी सैर करने में आनन्दित थे। एक दिन पहले की नावे ंभी पत्ती के समान उड़कर जाने कहां चली गई थी।

उसने दूर तक दृष्टि की। नीली का कहीं भी पता नहीं था, कितनारे पर उसकी नाव भी नहीं थी। उसने अनुमान लगाया कि उससे निराश होने के बाद अब वह उसकी प्रतीक्षा नहीं करना चाहती है। अवश्य ही किसी सवारी को लेकर वह झील में इतनी दूर निकल गई है कि वह इस किनारे से उसे देख भी न सके। परन्तु वह निराश नहीं हुआ। जानता था कि नीली अवश्य ही किनारे लौटेगी। वहीं टहलता हुआ वह उसकी राह देखने लगा। समय बीतने के साथ कई नाविकों ने उसे सलाम किया। चाहा कि उसे झील की सैर कराएं, परन्तु वह टाल गया, शाम ढली तो अंधकार बढ़ने से पहले चांदनी ने उसके स्वागत में अपना आंचल फैला दिया। फिर चन्द्रमा थिरका हुआ काफी आगे ऊपर भी चला आया। रात काफी बीत चली तो बचे-खुचे नाविक अपनी नावों को किनारे बांधकर गांव को लौट गए। वह इस स्थान पर बिल्कुल अकेला रह गया। कुछ देर टहलते रहने के बाद वह वहीं एक पत्थर पर बैठ गया, जहां करीब ही गड़े खूंटे में नीली अपना शिकारा बांधती थी। बैठे- बैठे उसे देर हो गई। उसके दिल की धड़कनें तेज हो उठी। भयानक विचारों से उसका माथा ठनका तो वह उठ खड़ा हुआ। समय देखा तो रात के ग्यारह बजे थे। उसने एक दूसरी बंधी नाव खोली और उसमें सवार होकर स्वयं खेता हुआ दूसरे किनारे पहाड़ों की गोद की ओर बढ़ गया। जल्दी-जल्दी चप्पू चलाता हुआ जब वह किनारे पहुंचा तो वहां एक शिकारे लहरों की ताल पर कांपते देखकर तुरन्त ही पहचान गया। उसने झट अपनी नाव इससे सटाकर बांधी और किनारे कूद पड़ा। तभी चन्द्रमा पर बादल का टुकड़ा आ जाने से अचानक ही वातावरण बिलकुल गंभीर हो गया। लपककर वह पहाड़ों के मध्य दाखिल

हुआ। उसने चारों ओर दृष्टि दौड़ाई। बर्फ की सफेदी में हर वसतु मिली-जुली थी। वह और आगे बढ़ जाना चाहता था कि तभी उसके कानों में एक हल्की-सी सिसकी सुनाई पड़ी। वह ठिठक गया। एक ओर उसने एक छाया देखी जो बड़े पत्थर पर बैठी दुःख और दर्द की तस्वीर बनी दिखाई पड़ रही थी, उसकी हिचकियों से सारा वातावरण आंसुओं से तर था। लपककर वह उसके समीप पहुंचा। तभी चन्द्रमा ने बादलों का कम्बल हटाकर उस पर अपना पूरा झाग फेंक दिया।

नीली उसके सामने थी।

'नीली।' उसने बहुत प्यार से पुकारा।

और नीली ने अपना झुका हुआ मुखड़ा ऊपर उठाया। उफ् उसकी पलकें कितनी भीगी हुई थीं। आंखों में झील-सी गहराई के अंदर सोते फूट रहे थे। पूरा मुखड़ा आंसुओं से तर था। सुबह तक मानो एक सफेद गुलाब पर शबनम की बूंदें पड़ती रही थीं।

नीली उसे देखते ही उठ खड़ी हुई।

'अब यहां क्या करने आए हो बाबू?' भर्राई हुई आवाज में उसने बहुत दुःखी होकर पूछा।

'नीली!' उसका हाथ वह पकड़ते-पकड़ते रह गया- 'क्या तुम इसलिए तो मुझसे नाराज नहीं हो कि कल मैंने एक निखट्टू पहलवान से तुम्हारी जान बचा दी?'

'हां-हां, मैं इसीलिए तुमसे नाराज हूं।' नीली क्रोध से कांपकर पीछे हटती हुई बोली- 'कम-से-कम एक विवाहित पुरुष से चन्द दिन प्रेम करके धोखा खाने से तो यह अच्छा ही होता है कि मैं एक पराए मर्द के साथ शान के साथ ब्याह दी जाती।'

'नीली।' उसके दिल को ठेस लगी। परन्तु फिर आने वाली प्रसन्नता का विचार करके वह धीमे-से मुस्करा दिया। नीली के समीप आकर उसने उसकी बाहें थाम लीं। नीली ने एक बार प्रयत्न किया कि उससे अलग हो जाए परन्तु कमल ने अपनी पकड़ मजबूत कर ली। आंखों में चमक उत्पन्न करके वह बोला- 'पगली मैं विवाहित थोड़े ही हूं। मैंने इसलिए ऐसा कहा था ताकि बहादुर नगर की किसी लड़की से तुम्हारे इलाके वाले मेरा विवाह न कर दें।'

नीली के तने बाजू ढीले पड़ गए। उसने कमल की आंखों में बहुत आश्चर्य से देखा, जैसे उसकी बात पर उसे विश्वास ही नहीं हुआ हो।

'मैं सच कह रहा हूं नीली।' कमल ने फिर कहा, 'तुम्हारे इलाके वालों ने अपने वर्षों से होते अपमान के कारण मुझसे मांग की थी कि मैं बदले में बहादुर नगर की लड़की का हाथ थाम लूं। अब तुम्हीं बताओ मैं किस प्रकार उनकी मांग का निरादार करता?'

'लेकिन...।' नीली कहते-कहते रुक गई।

'यदि मैं सबके सामने तुम्हारा हाथ मांग लेता तो तुम्हारे भाई-बंधु सब ही मेरे शत्रु हो जाते।' कमल ने बात जारी रखी, 'वह समझते कि उनकी ओर से इस मैदान को जीतकर मैंने दर्शकों के सामने उन्हें उनके शत्रुओं से भी अधिक अपमानित कर दिया है। फिर बहादुर नगर वाले भी बूटी नगर की हंसी उड़ाने लगते।'

'बाबू...ओह बाबू...।' नीली की दुखती रग को शांति का झरना प्राप्त हो गया... कमल की छाती से वह लिपट गई। अपने गाल उसने उसके ओवरकोट की छाती पर रख दिए। बहुत दुलार से वह बोली- 'तुमने मुझे पहले क्यों नहीं यह सब बताया?'

'कैसे बताता?' उसको पूर्णतया अपनी बांहों में समेटकर उसने कहा, 'तुमने मुझे अवसर ही कब दिया था? तुमको नहीं मालूम, तुम्हारे कल के व्यवहार ने मुझे रात भर कितना अधिक तड़पाया? कितनी कठिनाई से मैंने आज का दिन बिताया और जब यहां आने पर किनारे नहीं मिली तो...।'

'मुझे क्षमा कर दो बाबू।' नीली बोली, 'मैं तो स्वयं भी अपनी जान देने की सोच रही थी।'

'शी...।' कमल ने उसके होंठों पर अपनी उंगली रख दी। उसका मुखड़ा ऊपर उठाया। गालों को दोनों हाथों की उंगलियां से धीरे-से थपथपाया और आंखों में झांकते हुए प्यार से बोलाद्व 'ऐसी बातें नहीं करते। इस बात का विश्वास रखना कि मैं सारे संसार को धोखा दे सकता हूं, परन्तु तुम्हें कभी नहीं। तुम तो मेरी जान हो, मेरी आत्मा हो। अपने जीवन का यदि सब-कुछ खोकर भी मैंने तुम्हें पा लिया होगा तो समझूंगा कि मेरे भाग्य जाग उठे हैं। मुझे कभी अपने से अलग न समझना।'

नीली उसकी जज्बाती आवाज में डूब गई। प्रसन्नता से उसकी आंखें छलछला उठीं। कमल का हाथ पकड़कर उसने अपनी आंखों पर रख लिया। पलकों से उसे चूम लिया।

'नीली।' कुछ देर बाद कमल ने कहा, 'अच्छा बताओ तो मैं तुम्हारे लिए

क्या लेकर आया हूं?'

नीली ने उसे देखा। मुस्कराई। आंखों में चमक भी उत्पन्न हुई। कुछ देर सोचती रही, फिर बोली, 'क्या पता क्या लेकर आए हो? भला मैं किस प्रकार जानूंगी? अब तुम्हीं बता दो न बाबू, क्या लाए हो मेरे लिए?'

कमल ने कोई उत्तर नहीं दिया। मुस्कराता हुआ उसे खींचकर झील के किनारे ले गया। अपनी लाई हुई नाव को उसने नीली के शिकारे से बांध दिया और फिर स्वयं खेता हुआ वह नीली के साथ झील में आ गया। चप्पू उसने एक ओर रख दिए और नीली के समीप खिसक आया। अपने ओवरकोट की जेब में उसने हाथ डाला और मुस्कराया।

'अपनी आंखें बंद करो।' उसने प्यार से कहा।

और नीली ने अपनी आंखें बंद कर लीं, नीली झील पर मानो कोहरे की मोटी चादर झुक आई हो।

कमल ने जेब से एक छोटा-सा लकड़ी का डिब्बा निकाला। खोलकर उसमें से उसने एक हाथी दांत का सुन्दर हार निकाला और बहुत प्यार से उसे नीली की गोरी गर्दन में डाल दिया।

नीली ने झट अपनी आंखें खोल दी।

'अरे!' उसने आश्चर्य तथा प्रसन्नता के मिले-जुले भाव से गले के हार को हाथों से छूते हुए देखा- 'इतना कीमती हार तुम मेरे लिए लेकर आए हो? कितने का है यह?'

वह हंस पड़ा। प्यारसे बोला- 'उपहार में दी हुई वस्तु का दाम नहीं पूछते।' फिर उसने बाकी वस्तुएं भी उसकी ओर बढ़ा दीं। 'यह लो, यह सब भी तुम्हारे लिए ही है।'

नीली खिलखिला पड़ी। धरती से आकाश में झूल गई। उसने जल्दी से सारी वस्तुएं ले लीं और अपने-आपको सुसज्जित करने लगी।

'इतनी सारी वस्तुओं पर तो तुम्हारे सारे-सारे ही पैसे खर्च हो गए होंगे? नीली ने कुछ गंभीर होकर पूछा।

वह उसके भोलेपन पर मुस्करा दिया। बोला, 'ऐसी बात नहीं। तुम्हारे इलाके में तो दरअसल वह वस्तुएं ही नहीं मिलती जिनका मूल्य मेरे पैसों इतना हो। जब तुम मेरे घर चलोगी तो देखना, वहां क्या नहीं मिलेगा तुमहारे लिए?'

'अच्छा।' नीली ने चूड़ी को कलाई में डालते हुए कहा, 'भला क्या-क्या है तुम्हारे पास?'

'सब ही कुछ है।'

'सब ही कुछ?'

'हां-हां।' उसने अपने पैरों को शिकारे में फैला लिया।

'तुम्हारे इलाके में ऐसी कोई झील होगी?'

'झील तो बहुत सारी हैं, परन्तु इतने सुन्दर वातावरण के साथ नहीं।'

'तब कैसा वातावरण है?'

'वहां यदि बर्फीले पहाड़ होते तो यहां पर लोग गर्मी बिताने क्यों आते? वह हंस दिया।

'अच्छा! तब फिर झीलें किस प्रकार की हैं?'

'हैं, कई प्रकार की हैं। जैसे छोटी झील, बडी झील, नदी, तालाब।'

'नावें चलती हैं वहां?'

'नावें भी चलती हैं और मोटरबोट भी। स्टीमर तथा बड़े-बड़े जहाज भी चलते हैं।'

'जहाज?' नीली को सख्त आश्चर्य हुआ, 'वह क्या वैसा ही जहाज होता है जैसा हमने कभी-कभी आकाश में उड़ते देखा है?'

'हां।' वह कुछ उकताकर बोला- 'परन्तु पानी का जहाज केवल पानी पर ही चलता है।'

'यह होता किस प्रकार का है?' नीली ने जिज्ञासावश पूछा।

'उफ्! अब तुम्हें क्या-क्या समझाऊं?' उसकी ऊटपटांग बातों से वह थक गया- 'जब मेरे साथ शहर चलोगी तो सब देख लेना।'

'अच्छा बाबा अच्छा! गुस्सा क्यों करते हो?' नीली बोली, 'जब मुझे ले चलोगे तो सब देख लूंगी। बस! लेकिन मेरे लिए वहां एक अच्छा-शिकारा खरीदना मत भूलना।'

'नहीं भूलूंगा बाबा, नहीं भूलूंगा।' कमल ने थककर हाथ जोड़ दिए, 'तुम्हारे लिए मैं चार पहिए का शिकारा ले दूंगा। बस?'

'चार पहिए का!' नीली ने उसे आश्चर्य से देखा।

'नहीं बाबा नहीं।' कमल जल्दी से बोला, 'बिल्कुल इसी प्रकार का एक सुन्दर-सा शिकार ले दूंगा। अब तो खुश हो न?'

नीली मुस्करा दी। सहसा पैरों में घुंघरू बांधते- बांधते वह रुक गई। उसने झट दूसरे गहने भी उतार दिए।

'यह क्या कर रही हो?' उसने आश्चर्य से पूछा।

'रख रही हूं।'

'क्यों?'

'आज इन्हें नहीं पहनूंगी?'

'फिर कब पहनेगी?'

'कुछ दिनों बाद मेरी सहेली बसन्ती का विवाह है।' नीली बोली, 'उस दिन इन सफेद गहनों को मैं अपने काले कुर्ते पर पहनूंगी।'

'ओह! तब तो वास्तव में तुम्हारी सुन्दरता दस गुना बढ़ जाएगी।' उसने उसकी बांहें थाम लीं 'परन्तु नीली उस दिन मैं तुम्हें देखूंगा किस प्रकार?'

नीली खिलखिला पड़ी। अपनी प्रशांस सुनकर उसकी सुन्दरता पर एक और निखार आ गया।

'मैं उस विवाह के मध्य थोड़े समय के लिए तुम्हारे पास भी आ जाऊंगी।' वह बोली, 'बस तुम जल्दी से मुझे देख लेना और चले जाने देना।'

'जल्दी से देख लेना?'

'हां-आं, और क्या?' वह बोली, 'यदि अधिक देर रुक गई तो इलाके वालों को शक भी तो हो सकता है।'

'नीली।' उसने नीली को अपनी छाती से लगा लिया। बहुत आशा ने बोला, 'क्या यह संभव नहीं कि तुम अपनी सहेली की शादी के बहाने कुछ देर मेरे पास भी रहो?'

'अच्छा देखो।' नीली ने सोचते हुए एक गहरी सांस ली और बोली, 'कोशिश करूंगी।'

नीली के उत्साह पर उसने उसे अपनी बाहों में जकड़ लिया। उसका मुखड़ा ऊपर करके उसने उसकी झील-सी प्यारी नीली आंखें चूम लीं। उसके कान के नीचे उभरी हुई नस पर उस तिल को भी चूम लिया जो उसकी सुन्दरता पर एक विशेष आकर्षण बना चमक रहा था। नीली उसकी छाती में गहरी-गहरी सांसें लेने लगी।

समय पंख लगाकर उड़ रहा था। वातावरण ने पलटा खाया। रहे-सहे यात्री भी अपने-अपने शहरों को लौट गए। कुछ पहाड़वासी भी काम की खोज में दूसरे शहर निकल गए। ठंड बढ़ने से यहां का बाजार भी मंदा पड़ता जा रहा था। ठंड के साथ अब कुछ ही दिनों में यहां बर्फ भी आरंभ होने वाली थी। वर्ष के बाद यहां बर्फ पड़ने लगती है, परन्तु इस इलाके की एक विशेष बात अवश्य है, यहां बर्फ अधिकतर रात में ही पड़ती है और सुबह-सुबह वातावरण

खराब होने के पश्चात् भी कभी-कभी सूर्य निकल ही आता है। केवल जाड़ों में दो-तीन महीना अवश्य यहां दिन-दिन भर बर्फ पड़ती रहती है। तब यहां कुछेक निवासी सूर्य कीधूप को तरस उठते हैं।

सहसा एक दिन कमल को अपने पिता से एक तार मिला। तार साधारण डाक से आया था। सप्ताह में एक ही दिन आये पत्र के समान। यहां कोई डाकखाना नहीं था। इसलिए पत्र हो या तार पर्वतपुर पहुंचकर यह हफ्ते में एक ही बार इन इलाकों को भेजे जाते थे। तार में उसे उसके पिता ने बुलाया था, परन्तु कोई कारण, कोई इशारा इसमें नहीं वर्णित था। उसने अनुमान किया कि शायद उसके पिता उसके प्रति चिन्तित हैं। इसीलिए उसको आने के लिए लिख दिया है। यदि उनकी तबियत खराब होती तो वह निश्चय ही उसे पूरी सूचना देते है। वह भी तो कितना मूर्ख है! जबसे इस इलाके में आया है, केवल एक ही पत्र तो उसने अपने पिताजी को अब तक लिखा है। नीली के प्यार गें बह इतना खो गया था कि उसे कुछ भी याद नहीं रहा। एक बार उसने जाने का विचार किया, परन्तु उसके दिल को ठेस लगी। इतनी आसानी से यह दिल नीली से यूं दूर नहीं हो जाना चाहता था। एकदम से नीली को भ यहां से अपने साथ लिवा जाना कोई उचित बात नहीं थी। पहले जाकर अपने पिताजी से नीली के प्रति एक भूमिका बांधनी पड़ेगी, उन्हें समझाना पड़ेगा, क्या जाने रूपा ने अब तक उसके विरुद्ध कैसा कदम उठाया हो? अपना बदला तो वह एक दिन शायद लेकर ही रहेगी। जाने का विचार छोड़कर उसने तार को फाड़कर फेंक दिया और पिता की चिन्ता से निश्चिंत होकर अपने प्यार के संसार में खो गया जिसके प्रति उसने पहली बार अपने दिल की गहराई से उठता हुआ दर्द प्रतीत किया था। इस प्यार ने उसे क्या नहीं दिया- जीवन की वास्तविक शांति। वास्तविक प्रसन्नता। इस प्यार ने उसके सारे दुःख-दर्द छांटकर अलग कर दिए थे। इसमें खोकर वह अपने आपको भी भूल गया था।

उस शाम उसने इशारों ही इशारों में जब अपने चले जाने की बात नीली से कही तो वह एकदम ही से कांपकर उदास हो गई। आंखें भीग गई और ऐसा प्रतीत हुआ मानो वह रो पड़ेगी। निश्चय ही वह तड़प उठती, शायद उसका दिल भी बैठ जाता। यदि वह इस इशारे को मजाक बनाकर नहीं टाल देता। नीली रोते-रोते खिलखिला पड़ी, बिल्कुल इस प्रकार मानो बदली घिरते-घिरते सूर्य उदय हो गया हो।

परन्तु एक ही सप्ताह बाद जब उसे अपने पिताजी का दूसरा तार मिला

तो उसका दिल धड़क उठा। तार में तुरन्त ही आने को लिखा था, पिताजी मृत्यु के बिस्तर पर है। उसके हाथ कांप गए। पिताजी-उसके मुंह से निकला। आंखें छलक आई। उसे वह कितना अधिक प्यार करते हैं। उसकी एक-एक खुशी का कितना अधिकार विचार उन्होंने रखा हैं उसका उदास भी देख लेते हैं तो उनका दिल कट जाता है। अपने बेटे की खुशी के लिए वह तड़प उठते है। आज वह स्वयं बीमार हैं तो उन्हें देखने-भालने वाला कोई नहीं। उसकी दूरी, उसकी लापरवाही से उनके दिल पर कितनी गहरी चोट पहुंच रही होगी। निश्चय ही उन्होंने पहले तार में अपनी बीमारी की सूचना इसलिए नहीं दी होगी ताकि वह घबरा न जाए। बेचारे पिताजी! अपनी बीमारी में भी उसके लिए चिन्तित है। उसे जाना ही चाहिए तुरन्त ही पहली गाड़ी से। यदि उन्हें कुछ हो गया तो इतनी बड़ी सम्पत्ति का क्या होगा? घर, कारोबार, बैंक बैलेंस कौन संभालेगा? उसने घड़ी देखी। शाम के चार बजना चाहते थे। पहली गाड़ी उसे अब कल ही मिल सकती थी, जब वह सुबह-सुबह बूटी नगर से चलकर पर्वतपुर स्टेशन शाम से पहले पहुंच जाए। उसने सोच लिया आज वह नीली को सब-कुछ बताकर ही रहेगा।

उस शाम जब वह झदल के किनारे पहुंचा तो उसके दिल के समान इलाके का चप्पा-चप्पा उदास था। वातावरण पर मानो अत्यधिक गंभीरता की चादर पड़ी हुई थी। उस शाम कोहरा भी और दिनों से कुछ अधिक ही घना था। शायद इसलिए कि चन्द्रमा की आयु अभी पांच-छः दिन की ही थी। तारों की झिलमिलाहट प्रकाश को मुग्ध करने के लिए यथेष्ट नहीं थी।

नीली की प्रतीक्षा करने के लिए वह उसके शिकारे पर सवार हुआ ही था कि वह वहां आ पहुंची। उछलती-कूदती वह शिकारे पर सवार हुई तो वह देखती ही रह गया। आज उसने रात के अंधकार से भी अधिक काले रंग का कुर्ता पहन रखा था। उसके दिए हुए उपहार से वह ऊपर से नीचे तक आभूषित थी। उसने देखा, नीली ने आज कुछ विशेष ही रूप से अपना बनाव-शृंगार किया हुआ है। बालों को खींचकर उसने इसमें एक सफेद गुलाब भी टांक रखा था। वह आज अत्यधिक सुन्दर लग रही थी। खुश भी बहुत थी मानो उसे अपनी सुन्दरता को उसके सामने इस प्रकार प्रदर्शित करने में बहुत आनन्द आ रहा था। सफेद हाथी दांत के आभूषणों में उसका सफेद मुखड़ा एक संगमरमर की बेदाग मूर्ति के समान दिखाई पड़ रहा था।

नीली ने चप्पू संभालना चाहा तो कमल ने उससे पहले स्वयं ही उसे उठा

लिया। उसे अपने साथ बिठाकर वह बीच झील की ओर ले चला।

नीली ने उसके मुखड़े पर उदासी की घनिष्ठ छाया देखी तो बेचैन हो उठी।

'क्या बात है बाबू?' चिन्तित होकर उसने पूछा, 'तबियत तो ठीक है ना?'

'हूं।' वह जैसे सपने से जागा, 'यूं ही कुछ सोच रहा था।'

'यह सोच रहे हो कि मैं आज बन-ठनकर क्यों आई हूं?'

'आ?' उसने मानो स्वयं से प्रश्न किया।

'आज बसन्ती का विवाह है।' कुछ लजाकर उसने अपने आप ही कहा।

'ओह!'

उसे मुस्कराना पड़ा।

'मैं अच्छी तो लग रही हूं न?'

कमल ने उसकी ठुड्डी के नीचे उंगली रखकर उसके मुखड़े को ऊपर उठाया। उसकी आंखों के समीप अपनी पलकें कर लीं। भीगी-सी आवाज में बोला, 'इस शृंगार से तुम पर कोई प्रभाव नहीं। तुम वैसे भी अत्यंत सुन्दर हो। तुममें असीमित आकर्षण है। ईश्वर जानता है मैं इसकी कितनी पूजा करता हूं।'

'बाबू।' नीली ने उसकी उदासी प्रतीत की तो तड़प उठी, 'अवश्य कोई विशेष बात है जो तुम इतना अधिक उदास हो। बताओ तो क्या बात है? क्या मैं तुम्हारी चिन्ता को अपने भाग में लेने योग्य नहीं हूं?'

'नहीं-नहीं नीली यह बात नहीं।' उसका मुखड़ा छोड़कर उसने अपनी दृष्टि ओर फेर ली और अर्ध-चन्द्रमा को देखने लगा। वह बोला, 'दरअसल मेरे घर से तार आया है, पिताजी की तबियत अब तब है, मुझे तुरन्त बुलाया है।'

नीली की सांस रुक गई। मुखड़े पर छाई चमक यूं मद्धिम पड़ गई जैसे सूर्य पर अचानक ही बादल का टुकड़ा आ जाने से वातावरण में गंभीरता छा जाती है।

'हां नीली, मुझे जाना ही है।' नीली की ओर मुड़कर उसने उसके मुखड़े को अपनी हथेलियों के बीच थाम लिया, 'मेरे पिताजी बहुत सख्त बीमार है। उन्हें देखने वाला कोई भी नहीं।' कमल की आंखें भीग गई।

नीली की आंखें छलक आई। होंठों पर कम्पन आई तो एक सिसकी निकल गई।

'नीली-' मैंने सोचा था कि अब डैडी को लिखकर सब-कुछ बता दूंगा।

फिर जाते समय तुम्हें अपने साथ ले चलूंगा ताकि वह अपनी बहू का स्वागत कर सकें। तुम्हें खुशी-खुशी आशीर्वाद दे सकें। परन्तु ऐसे गंभीर समय एकदम से बिना बताये ही यूं...।'

'कब जाना है तुम्हें बाबू?' नीली ने उसकी मजदूरी का अनुमान किया तो उसकी बात काट दी।

'कल सुबह ही यहां से निकल जाऊंगा ताकि समय पर स्टेशन पहुंचकर गाड़ी पकड़ सकूं।' वह बोला, 'चाहता था कि नहीं जाऊं परन्तु...।'

'नहीं-नहीं बाबू ऐसा न कहो।' नीली न चाहते हुए भी रोकर बोली, 'तुम्हें जाना ही चाहिए। तुम जाओ, अवश्य ही वरना समाज वाले तुम्हारे पिता के समक्ष तुम्हारी इस अनुपस्थिति का उत्तरदायी मुझे ही ठहराएंगे। ईश्वर ने करे उन्हें कुछ हो गया तो मैं अपने को कभी क्षमा नहीं कर सकूंगी।'

'मैं वहां पहुंचते ही तुम्हें पत्र लिखूंगा।' वह बोला, 'फिर जल्दी ही...।'

'पत्र मत लिखना बाबू।' नीली सिसकती हुई बोली, 'मुझे पढ़ना नहीं आता। यहां मेरे जानने वाले सभी अनपढ़ हैं। किसी पराये मर्द से पढ़ाऊंगी तो वह जाने क्या अनुचित लाभ मुझसे उठा बैठे?'

वह चुप हो गया। नीली की आंसू भरी आंखों को देखता रहा जो उसके दिल को एक गहरी ठेस पहुंचा रही थी।

सहसा कहीं दूर आबादी की ओर से नगाड़ों की आवाज उनके कानों में धीमे-धीमे सुनाई पड़ी। नीली की आंखों में उसने देखा, एक सपना करवट ले रहा था, नीली सुर्ख साड़ी में लिपटी, सोने-जवाहरात के गहनों से सुसज्जित, अपनी प्यारी-प्यारी पलकों को झुकाए उसके सामने बैठी है। अपनी प्यारी-प्यारी पलकों को झुकाए उसके सामने बैठी है। समीप ही उसके पिता है, संबधी लोग है। लोगों की भीड़ इतनी है कि उसकी पत्नी की सुन्दतरा की झलक लेने के लिए सारा शहर टूट पड़ रहा है। चारों ओर उसी की चर्चा है। उसके पिताजी गर्व से लोगों के स्वागत में अपने हाथ बार-बार फैला रहे हैं। शहनाइयां बज रही हैं, बैंड बाजे तथा पहाड़ी लोकगीत के लिए नगाड़े भी गूंज रहे है।, नीली शायद इन्हीं सपनों में डूबी हुई थी।

सहसा वह चौंक पड़ी। एक गहरी सांस लेकर उसका हाथ अपने हाथ में लिया और बोलीद्व 'बाबू- यह आवाज सुन रहे हो न?'

'हां।'

'क्या ऐसा संभव नहीं कि आज रात तुम मुझसे विवाह कर लो। मुझे जीने

की शक्ति मिल जाएगी।'

'नीली।' उसे खींचकर उसने अपनी छाती से लगा लिया। शिकारे को झटका लगा तो लहरें यूं खिलखिला पड़ीं मानो निर्णय ने उन्हें गुदगुदा दिया हो।

आंखों में आंसू होने के पश्चात् नीली हल्के-से मुस्करा दी।

कमल ने शिकार वापस किनारे लगाया। नीली उसे इलाके के एक कोने की ओर ले गई जहां देवदार और चिनार के बीच एक पेड़ की जड़ में पशुपतिनाथ जी की मूर्ति रखी हुई थी। उनके सामने जाकर दोनों ने एक-दूसरे के गले में अपनी बाहां का हार पहनाते हुए उन्होंने अपना विवाह कर लिया। फिर भगवान के चरणों में जमी धूल को समेटकर उसने नीली की मांग भर दी। मिट्टी में कुछ बर्फ के रेशे सिमट आए थे।

नगाड़े गूंज रहे थे। घंटियों तथा दूसरे बाजों से मिल-जुलकर इसकी धुन दूर से सुनने में बहुत भली लग रही थी। नीली ने इस आवाज पर तकिया रखकर अपनी पलकें बंद कर लीं तो पलकों में ठहरे आंसू गाल तक वह निकले। उसकी आंखों का कजरा बह चला। शायद उसके पग लड़खड़ा जाते, मन की पीड़ा को सहन न कर सकने के कारण वह बेहोश होकर गिर भी पड़ती परन्तु तभी कमल ने उसे कमर से थाम लिया। अपनी बांहों पर उसके शरीर को सहारा देकर वह झील की ओर लौट पड़ा।

'नीली।' कुछ दूर चलकर उसने पूछा, 'बसन्ती के विवाह में तुम्हें किस समय जाना है।'

'अब मैं वहां नहीं जाऊंगी बाबू।' नीली भर्राई आवाज में बोली, 'आज मैं अपने घर नहीं जाऊंगी। बाबा से बहाना बना दूंगी कि बसन्ती ने मुझे रोक लिया था। आज सारी रात मैं तुम्हारे पास रहूंगी। आज हमारा विवाह हुआ है न? क्या आज सुहाग की रात...।' नीली कहते-कहते चुप हो गई। उसकी आंखें और छलक पड़ीं। अपना मुखड़ा उसने नीचे झुका लिया और लगभग लगता था कि सिसककर रो पड़े तभी कमल ने उसके सामने झुककर उसके कोमल अधरों को हल्के-से प्यार कर लिया।

उसे लेकर वह झील पर आया। शिकारे में प्रवेश करके उसने नीली को अपने समीप ही बिठा लिया और चप्पू चलाता हुआ आगे बढ़ा। दोनों खामोश थे- बिल्कुल खामोश और उनकी खामोशी में सम्मिलित होने के लिए आसपास के सभी दृश्यों ने अपने सिर झुका लिए थे। उनकी सुहारात का साक्षी बनकर इन दृश्यों ने अपनी छाया में घेरकर अपनी पलकें बंद कर ली थीं।

जब शिकारा दूर एक किनारे लगा तो पहाड़ों के लम्बे-लम्बे सायों ने उन्हें अपने अंधकार में शरण देकर छिपा लिया। चन्द्रमा चोटियों की ओट में हो गया था तारो के आगे अकस्मात् ही कोहरे का आंचल बिछ गया था। हर तरफ खामोशी थी- और इस खामोशी में केवल एक ही आवाज उनके कानों में आ रही थी, बहुत धीमे-धीमे नगाड़े की मद्धिम थाप तथा घंटियों की टुन-टुन की ताल पर, पहाड़ी लोकगीत की धुन लिए नर-नारियों के मिले-जुले स्वर अत्यंत मीठे होने के पश्चात् बहुत दुःखदायक थे। वातावरण की सारी खामोशी इसी धुन पर कान रखे हुए बहुत गंभीर थी।

उस सारी रात नीली उसी के साथ रही- अपने ही शिकारे पर उसके एक नए जीवन ने मोड़ बदला। उस सारी रात नीली उसकी छाती से लगी आंसू बढ़ाती रही। उस सारी रात वह स्वयं भी नीली की दूरी का विचार करके गम की आग में तड़पता रहा। उस रात उसने नीली के एक-एक अंग को प्यार किया- कई-कई बार। उसकी नीली आंखें, दूध के समान सफेद गाल, फूल से कोमल होंठ तथा बाएं कान के नीचे उस काले तिल को भी उसने चूमा। और वह वह रात, वह महत्वपूर्ण रात एक बर्फ के टुकड़े के समान पिघल गई।

❒❒

जब चलने को उसका सारा सामान एकत्र होकर एक टट्टू पर लद गया तो उसने गोपाल के हाथ में कुछ रुपये देने के बाद घड़ी देखी। मन चाह रहा था कि एक बार और वह नीली को देखे। रात भर उसे अनपी छाती से लगाए रखने के बाद भी उसे संतोष नहीं मिला था। आज सुबह रो-रोकर वह कितनी बेहाल हो गई थी। उसकी आंखों से निरंतर निकलते आंसुओं से उसके ओवरकोट की छाती तक भीग गई थी। कितनी कठिनाई के बाद वह उससे जुदा हुआ था। नीली की याद करके उसके दिल में तड़प उठी। परन्तु फिर उसने दिल को संतोष दिया, उसे यहां आना तो है ही। फिर यह घड़ी-घड़ी की दूरियां वह सदा के लिए समाप्त कर देगा। नीली को वह कभी नहीं छोड़ेगा- कभी भी नहीं। वह उसकी जान है- धर्मपत्नी है- उसके होने वाले बच्चे की मां बनेगी वह।

'क्या सोच रहे हो बाबू?' उसे खोया देखकर गोपाल ने पूछा।

वह चौंक पड़ा। उचककर दूसरे टट्टू पर सवार हो गया। टट्टवान ने टट्टू की रस्सी थाम ली।

जब वह बूटी नगर की सीमा पार कर रहा था तो अचानक ही चौंक पड़ा।

पगडण्डी पर नीली खड़ी हुई थी। वह उसके समीप आई तो वह झट टट्टू पर से कूदकर नीचे आ गया। उसे कमर से थामते-थामते वह रुक गया। उसे एक किनारे ले गया।

'मैं जानता था तुम अवश्य आओगी।' उसने उसके मुरझाए मुखड़े पर दृष्टि डालते हुए पीड़ा से कहा।

नीली अपने हाथ में एक पोटली लिए थी। उसकी ओर बढ़ाकर बोली, 'रास्ते के लिए यह रोटी है। लेते जाओ।' नीली के होंठ कांप रहे थे। आवाज भर्रा रही थी।

पोटली लेते हुए उसने देखा। निरंतर रोते रहने से उसकी आंखें सूज गई थी। उसके दिल का दर्द प्रतीत करके उसकी भी आंखें भर आई। रुंधे गले उसने कहा, 'मैं आऊंगा नीली, अवश्य ही, बहुत जल्दी। तुम्हें मेरी सौगन्ध, मेरी प्रतीक्षा करना।'

'बाबू।' नीली के आंसू गाल पर बह आए, 'यदि तुम नहीं आए तो याद रखना, मैं उस झील में छलांग लगा दूंगी। या फिर यह कटार जो देख रहे हो न, इसे अपनी छाती में...'

'ओह नीली!' वह तड़प उठा, ऐसी बातें नहीं करते। क्या तुम्हें मुझ पर विश्वास नहीं?'

'इसी विश्वास पर तो तुम्हारी पूज की है बाबू, तुम्हें अपना पति स्वीकार करके मैंने अपना सब-कुछ तुम्हारे कदमों में अर्पित कर दिया है।' नीली सिसक पड़ी, 'मुझे छोड़ना नहीं बाबू, मुझे भूल मत जाना बाबू वर्ना...।'

'नीली।' उसका मन चाहा वह उसके आंसू पोंछ दे। उसे अपनी छाती से लगा ले, परन्तु दूसरों की दृष्टि पड़ जाने के भय से वह ठहर गया, 'मेरी गुड़िया।' वह बोला, 'अब तो भगवान भी हमारे बंधन को नहीं तोड़ सकता है। मैं आऊंगा- अवश्य आऊंगा, चाहे जैसी भी परिस्थिति मेरी राह में कांटा बने। तुम मेरी प्रतीक्षा करना।'

कितना विश्वास था उसे अपना प्यार था!

अपने टट्टू पर आकर वह बैठा तो टट्टवान उसे आगे से चला। फिर दूर-दूर तक पलटकर वह नीली को देखता रहा। नीली की सिसकियां दूर होने के पश्चात् उसके दिल की गहराई को छू रही थीं और जब एक ढलवान पर वह नीचे उतरा तो उसने नीली को अंतिम बार देखा। वह बिल्कुल उसी प्रकार खड़ी थी, पत्थर की एक मूर्ति बनी। सूर्य की उदय होती किरणों में उसकी

त्वचा सफेद संगमरमर के समान खिल रही थी। शायद वह अब उसके साथ्ञ भाग जाना चाहती थी। काश! उसके पिता बीमार न होते तो इस समय वह निश्चय ही नीली को अपने साथ ले जाता। फिर जो भी होता वह संभाल लेता। इस समय तो पिताजी की बीमारी के कारण उनके समीप जाने कितने ही संबंधी आ जुटे होंगे। किस-किसको वह समझाता फिरेगा कि नीली एक सुन्दर अशिक्षित नारी होने के बावजूद उसके घर की शोभा बनने योग्य है और अभी बिगड़ा भी क्या है? आखिर वापस तो उसे आना ही है। वापस आने से पहले वह अपने पिताजी को अकेले में सब-कुछ बता देगा। उसे विश्वास था कि वह कभी उसकी इच्छा पूरी करने से इंकार नहीं कर सकते। यदि उन्होंने संकोच किया भी तो वह उन्हें पअनी मां का वास्ता देकर मना लेगा। यही एक दांव तो उसके पास था जिसका शिकार होकर उसके पिता झट उसे पअने गले से लगा लेते हैं। नीली की उतारी हुई तस्वीरें पॉजीटिव कराते ही वह उन्हें दिखाएगा तो उसकी सुन्दरता से प्रभावित होकर वह अपने बेटे के चुनाव को अवश्य सराहेंगे।

उसका प्रण था कि शहर ले जाकर वह अपनी नीली को पढ़ाएगा-लिखाएगा। उसे सभ्य बनाएगा। अच्छा समाज से उसका सम्पर्क बढ़ाएगा। फिर सब उसे शहरी वेशभूषा में देखकर कहेंगे कि लोग यहां चन्द्रमा पर जाने का प्रयत्न लाया है।

बूटी नगर के प्रेम से वह इतना अधिक प्रभावित हो चुका था कि एक-एक पल वह वहीं के विचारों में डूबा रहा, सारे रास्ते तथा ट्रेन की भी सारी यात्रा में।

3

सुबह वह अपने शहर पहुंचा। बंगले में प्रवेश करते ही उसने अपना सामान नौकर पर छोड़ा और पिताजी के कमरे की ओर लपका। पिताजी एक बेजान लाश के समान खामोशी लेटे ऊपर की छत को देखते हुए जाने क्या सोच रहे थे? लपककर उसने उनके चरण छुए और समीप ही एक अपराधी के समान खामोश बैठ गया। उनकी कलाई को कोमलता से थामकर उसने देखा, वह कितने निर्बल तथा चिन्तित दिखाई पड़ रहे थे। आंखें धंस गई थी और झुर्रीदार मुखड़ा सूख चला था। उसकी आंखों में आंसू छलक आए।

'बेटा।' उसके पिता के होंठ कपि- 'मुझे तुमसे ऐसी आशा कभी नहीं थी।'

'पिताजी!' उसका दिल धड़क उठा।

'यदि तुम चाहते हो कि मैं शांति से अपना दम तोड़ू तो।' उसके पिताजी कहते-कहते रुक गए। उनकी दृष्टि सामने दरवाजे पर जाकर टिक गई।

उसने पलटकर देखा और तभी चौक पड़ा। एक भूकम्प-सा आ गया था उसके पैरों तले। यह धरती घूम गई। यह बंगला, यह सारा शहर ही उसकी नजरों के सामने चक्कर खाने लगा।

उसके सामने रूपा खड़ी थी।

और वह देखती ही रह गया- फटी-फटी आंखों से। उसे विश्वास ही नहीं हुआ।

रूपा के हाथ में एक दवा की शीशी थी, दूसरे हाथ में आधार गिलास पानी। उसके पिताजी की ओर बढ़ाते-बढ़ाते वह ठिठककर रुक पड़ी थी।

'आओ बेटी, आओ।' उसके पिताजी ने बड़ी कठिनाई से अपनी गर्दन घुमाई।

रूपा उनके सामने आई तो कमल खड़ा हो गया। उसने देखा रूपा बदली हुई है। सीधी-सादी घर-गृहस्थ लड़की के समान। उसने एक साधारण-सी

साड़ी पहन रखी है। बालों को खींचकर बना रखा है। आंखों में उसके अंध कार था। काली-काली आंखों के बीच यह और भी गहरा प्रतीत हो रहा था। कान में छोटे-छोटे बुन्दे तथा कलाई में केवल दो-दो काली चूढ़ियां, दु:ख की मारी वह एक विधवा-सी प्रतीत हो रही थी।

रूपा उसके पिताजी के समीप बैठी। चम्मच द्वारा उसने उन्हें दवा पिलाई। उसके पिताजी उठने योग्य भी नहीं रह गए थे। फिर रूपा ने चम्मच द्वारा ही पानी भी पिलाया। नैपकिन द्वारा उनके भीगे होंठ पोंछे। मस्तक पर अपनी हथेली रखकर तापक्रम भी देखा। इस बीच एक बार भी उसने कमल पर दृष्टि नहीं उठाई और कमल उसे लगातार देखता रहा।

'बेटी।' उसके पिताजी ने कांपते हाथों से रूपा का हाथ थामा और प्यार से कहा- 'मेरे इस नालायक बेटे को क्षमा कर देना! मुझे मालूम नहीं था कि मेरे लाड़-प्यार का यह इतना गलत लाभ उठाएगा और फिर उन्होंने कमल की ओर देखा। उनकी आंखों में आंसू देखकर कमल तड़प उठा। उनके समीप आया तो रूपा एक ओर को थोड़ा सरक गई। उन्होंने दूसरे हाथ से कमल का भी हाथ थामा। फिर उसके देखते ही देखते उसका हाथ रूपा के हाथ में थमा दिया। उसकी आवाज गूंगी हो गई। शरीर का रक्त ही मानो ठंडा होकर जम चला था। होंठ तक उसके नहीं खुल सके। उसके पिताजी ने कांपते स्वर में बात जारी रखी। उसके बजाय वह रूपा से कहने लगे, 'बेटी, मेरे बच्चे को संभालकर रखना। मैं जानता हूं यह केवल तुम्हीं से सुधर सकता है। यह तो इसका भाग्य है जो तुम जैसी देवी ने इतने बड़े पाप के बाद भी इसे क्षमा कर दिया। काश! ईश्वर ने मुझे कुछ दिन और समय दिया होता तो मैं अपनी आंखों से इसके पापों का प्रायश्चित देख लेता... मेरी आत्मा संतुष्ट हो जाती।'

और सभी एक डाक्टर ने कमरे में प्रवेश किया तो रूपा तथा कमल, दोनों ही एक-दूसरे का हाथ छोड़कर खड़े हो गए।

डाक्टर ने रोगी के मुंह में थर्मामीटर रखा। फिर घड़ी देखते हुए उसने कमल पर एक गहरी दृष्टि डाली। थर्मामीटर मुंह से निकालकर उसने तापक्रम देखा, एक इंजेक्शन तैयार करके लगाया। रोगी की आंखों पर निद्रा छाने लगी। डाक्टर ने रूपा को देखा और अपना बैग उठाकर वह दूसरे कमरे की ओर चल दिया। रूपा भी उसके पीछे लग गई। कमल ने देखा तो यह भी अपने पिताजी पर एक दृष्टि डालकर डाक्टर के पीछे हो लिया।

'देखो बेटी।' डाक्टर ने दूसरे कमरे में पहुंचकर कहा, 'तुमको मैंने कहा

है कि जमींदार साहब को जरा भी बात करने का अवसर नहीं दो। जो कुछ पूछना है, मुझसे पूछो। यदि उन्हें कुछ हो गया तो लेने के देने पड़ जाएंगे।'

रूपा कुछ न बोली। खामोशी से अपनी पलकें नीचे झुका ली।

'डाक्टर साहब।' कमल बढ़कर स्वयं उनसे बोला, 'आप इन्हें कुछ न कहिए। यह सब मेरे ही कारण हुआ है।'

'आप?' डाक्टर ने अपने चश्मे के ऊपर से उसका परिचय ढूंढा।

'मैं ही वह बदनसीब बेटा हूं जो ऐसी गंभीर स्थिति में अपने पिता के पास बहुत देर में पहुंच सका।'

'ओह!' डाक्टर ने अपनी दृष्टि ठीक की और बोले, 'तो वह आप ही हैं जिनकी वास्तविकता जानकर एक बूढ़ा बाप सदमे से मौत के मुंह में पहुंच गया।'

'जी?' कमल समझा नहीं।

तभी रूपा ने बात की गंभीरता समझी तो चुपचाप कमरे से बाहर निकल आई।

'तुमको शर्म नहीं आई एक असहाय अबला पर अपनी वासना का बोझ डालकर यहां से चुपचाप भागते हुए? डाक्टर ने क्रोध से उसे एक पिता के समान डांटा।

'जी?' कमल सटपटा गया।

'जी हां।' डाक्टर बोला- 'रूपा जब मेरी धर्मपत्नी के पास इस दाग से बचने के लिए आई तो वह बहुत गहरा हो चुका था। मेरी पत्नी ने जब इस बारे में मुझसे राय ली तो मैंने तुरंत ही मना कर दिया। समय हाथ से निकल जाने के कारण उसके जीवन पर कोई भी 'रिस्क' नहीं लिया जा सकता था और तभी बहुत मजबूरी की अवस्था में रूा ने यह भेद हम पर खोला।' डाक्टर कहता ही गया- 'मैं और मेरी पत्नी दोनों ही डाक्टर हैं, डॉ. मिस्टर एण्ड मिसेज बी.एन. शर्मा। इस पाप को एक पवित्र बंधन में परिवर्तित करने के लिए जब मैंने तुम्हारे पिताजी से इनका वर्णन किया तो वह सदमा बर्दाश्त नहीं कर सके। उनका दिल बैठ गय। यही गनीमत थी कि मैं उनके पास था वरना यदि यह सूचना उन्हें किसी और ने दी होती तो तुरन्त ही उनके हृदय की गति बंद हो जाती। बहुत कठिनाई से मैंने उन्हें संभाला।'

लेकिन डाक्टर साहब... कमाल ने कुछ कहना चाहा। वाक्य बीच में ही काटकर अनसुना कर दिया- 'वह चाहती तो अपने पिता द्वारा कानून का सहारा

लेकर तुम्हारा जीना कठिन कर देती। तुम्हारा घर बर्बाद हो जाता। यह ऊंचा खानदान, जिसकी चर्चा सारे शहर में धूम मचा रही है, कलंकित बनकर तहस-नहस हो जाता। इस पर की धज्जियां उड़ जातीं। परन्तु रूपा एक देवी है। तुम्हारे बच्चे को जन्म देने वाली एक कोमल हृदय की नारी है। अपने अपमान का बदला लेने के बजाए उसने तुम्हें क्षमा कर दिया। तुम्हें तो उसके चरण छूने चाहिए।'

'लेकिन डाक्टर...।'

'ख्याल रहे कि जमींदार साहस के दिल को अब जरा भी ठेस नहीं पहुंचे, वरना उनकी मृत्यु के उत्तरदाई तुम होगे। यह उन्हीं की इच्छा थी कि यहां रूपा रहकर उनकी सेवा करे। ऐसी अवस्था में उसे उसके घर भेजना भी उनके लिए अपमान है। रूपा के पिता को हम लोगों ने समझा दिया है कि तुम और रूपा पहले ही छिपकर विवाह कर चुके हो। तभी जाकर वह खामोश हुए।'

'डाक्टर।' कमल के दिल को सख्त धक्का गला। वह चीखते-चीखते रह गया।

'इस छिप करके विवाह करने का कारण तुम्हारे पिताजी ने अपने को ठहरा लिया है।' डॉ. शर्मा उसकी चीख की परवाह किए बिना फिर बोला, 'तुम्हारे पिता ने कह दिय कि वह इस विवाह पर तैयार नहीं थे, इसलिए तुम दोनों ने ऐसा किया है। अब तुम्हें भी रूपा के डैडी से यही कहना पड़ेगा। यदि उन्हें वास्तविकता का पता चल जाता तो कभी भी अपनी बेटी पर इतना बड़ा अन्याय सहन नहीं करते। यह तुम्हारा भाग्य है जो तुम्हारे इतने बड़े अपराध के पश्चात् भी सब-कुछ बहुत आसानी से ठीक हुआ जा रहा है। रूपा की पूजा करो। उसे सुखी रखो। उसका एहसान मानो, वर्ना तुम्हारे इतने बड़े पाप पर तो तुम्हें भगवान भी नहीं क्षमा करता।' डॉ. शर्मा ने एक पल सांस ली और फिर उसके कंधे पर हाथ रखकर बोले- 'मैं अभी जा रहा हूं। शाम को मैं तुम दोनों को तैयार देखना चाहता हूं।'

और फिर डॉ. शर्मा उसके उत्तर की प्रतीक्षा किए बिना ही कमरे से बाहर निकल गए। वह अकेला ही वहां खड़ा रह गया।

शाम को मैं तुम दोनों को तैयार देखना चाहता हूं- जाने क्यों डाक्टर ने ऐसा कहा था? वह कुछ समझ नहीं पाया। सिर झुकाए एक अपराधी के समान वह वहां से निकला। स्नान किया। फिर जब नौकर ने नाश्ता लगा दिया तो खाने की मेज पर जाते-जाते उसकी दृष्टि रूपा पर पड़ी। एक किनारे खड़ी वह

रसोइए को कुछ समझा रही थी कि उसे देखते ही ठिठक गई। वह उसके समीप आया। आकर उसने रूपा को देखा- बहुत समीप से। पत्थर की चट्टान अंदर ही अंदर पानी के सोते से कट-कटकर अब बिल्कुल ही गल चुकी थी। उसके मस्तक पर कोई सिलवट नहीं थी। वह अभिमान, वह गर्व सब-कुछ मिट्टी में मिल चुका था जैसे जीवन की मजबूरियों का शिकार होकर अब वह अपना सब-कुछ उसके कदमों में अर्पित कर देना चाहती हो। उसकी नजरें झुकी हुई थीं। मुखड़ा नीचे को था। चप्पल में अपने पैर के एक अंगूठे को वह बार-बार मोड़कर सीधा कर रही थी। रूपा के बदले हुए रूप को वह देखता ही रह गया।

नारी कितनी असहाय होती है। मजबूरियों के आगे कितनी जल्दी घुटने टेक देती है। उस शैतान से भी वह प्रेम करने पर विवश हो जीत है जिससे उसने जीवन भर घृणा की हो, जिसको तिरस्कारा हो, जिसको सपने में भी देखकर उसके ह्रदय को चोट पहुंचती थी। नारी की कोई इच्छा उसके वंश में नहीं। समय के आगे वह झुक जाती है। समय कितना बलवान होात है। अपने आगे किसी की सुनता ही नहीं और रूपा की भी समय में नहीं सुनी।

उसने रूपा से कुछ बात नहीं की। आकर फिर खाने की मेज पर बैठ गया तो रूपा भी वहां से चली गई।

सारे दिन वह अपने पिताजी के समीप ही एक आरामकुर्सी पर बैठा खामोशी से अपने बारे में सोचता रहा। विचारों में नीली एक तस्वीर के समान खड़ी उसकी प्रतीक्षा कर रही थी। रूपा कई बार कमरे में आई। कई बार समय-समय पर उसने पिताजी को दवा पिलाई, उनका तापक्रम देखा और फिर एक बार उसे लौटते समय देखकर चली भी जाती रहीं, परन्तु वह उसको रोक सकने का एक बार भी साहस नहीं कर सका। कई बार उसने उसके कमरे में पहुंचकर भी बात करने की इच्छा की परन्तु अपनी निर्बलता के कारण वह वहीं बैठा रह गया। वह अपनी ही गलती का शिकार था। स्वयं की दृष्टि में ही अपराधी था। रूपा पर अपनी मजबूरी प्रकट करके वह उससे क्षमा मांग लेना चाहता था। उसे बता देना चाहता था कि उसकी ओर से घृणा पाकर वह यहां से ऐसे स्थान पर चला गया था जहां उसने दिल की वास्तविक शांति प्राप्त की है। वहां उसने विवाह कर लिया है, इसलिए अब कुछ नहीं हो सकता। उससे हाथ जोड़कर वह उससे मुक्ति मांग ले। परन्तु अभी पिताजी बीमार थे। वह कोई भी ऐसा पग इतना शीघ्र नहीं उठाना चाहता था जिससे उनके स्वास्थ्य

पर कोई प्रभाव पड़े। उसने खामोशी धारण कर ली। प्रण कर लिया कि पिताजी के अच्छा होते ही उनके आगे अपना सारा भेद खोलकर रख देगा। नीली को वह किसी भी अवस्था में छोड़ने पर तत्पर नहीं था। वह उसकी पत्नी है, भगवान को साक्षी रखकर उसने उससे विवाह किया है। नीली- उसको होठों पर एक आह आई। उसकी याद से आंखें गीली हो गई। उसने अपनी पलकें बंद कर ली और उसके विचारों में खो गया।

'लीजिए, चाय पी लीजिए।'

कुछके पल बाद जब उसने रूपा का स्वर सुना तो चौंक पड़ा। नजरें उठाकर देखा तो वह बेहाल-सी खड़ी उसकी और चाय की प्याली बढ़ाए हुए थी। उसने उसके रूप को परखा। मुखड़े पर दुःख और दर्द की छाया रेंग रही थी। पलकें कुछ भीगी-सी थीं। फिर भी उसके अंदर अत्यधिक आकर्षण था। अब भी वह कालेज की एक विद्यार्थी प्रतीत होती थी, परन्तु अब पहले के समान झरनों-सी चंचल तथा लापरवाह नहीं थी, वरन् नदी के ठहरे हुए पानी के समान खामोश, दिल की गहराई में अरमानों की लाशें लिए हुई थी। रूपा में सब-कुछ था। नीली यदि पर्वतपुर में चमकने वाला एक चांद थी तो रूपा सुबह की किरणों से नहाया सूरज। उसने रूपा के शरीर पर नजन डाली, उसके पेट के उभार में उसने परिवर्तन पाया तो उसकी आत्मा कांप गई। उसने प्रतीत किया, उसे रूपा के साथ भी न्याय करना है। चाहे कुछ भी हो, वह ऐसा गलत काम नहीं करेगा जिससे रूपा का भविष्य बर्बाद हो। परन्तु यह सब होगा किस प्रकार? आखिर किस प्रकार?

हाथ बढ़ाकर उसने चाय की प्याली ले ली तो यपा वहां से चली गई। उसने देखा उसके डैडी आंखें बंद किए गहरी-गहरी सांसें ले रहे हैं। खामोशी से वह चाय की चुस्कियां लेने लगा।

शाम ढलते-ढलते उसे झपकी आ गई तो वह उसी प्रकार बैठे-बैठे सो गया। जब उसकी आंखें खुली तो डॉ. शर्मा उसके सामने खड़े थे। अपनी आंखें मलते-मलते वह उठ खड़ा हुआ। तभी उसने अचानक देखा, कमरे में दो पण्डित प्रवेश कर रहे हैं। हाथों में उनके जाने क्या-क्या था- कमण्डल, झोला, इत्यादि-इत्यादि।

'तुम अभी तक तैयार नहीं हुए?' डॉ. शर्मा ने उसे आश्चर्य से देखते हुए पूछा।

'तैयार?'

'हां-हां तैयार।'

'क्यों?'

'पहले तैयार होकर आओ।' डॉ. शर्मा के होंठों पर एक भेद भरी मुस्कान आई, 'हम तुम्हारे सिर पर से एक बहुत बड़ा बोझ उतारना चाहते हैं।'

'जी?' उसने अपने गले का थूक निगला।

'हां।' डॉ. शर्मा उसके दिल की धड़कनों से अज्ञात बोले, 'चलो जल्दी तैयार होओ। लड़की के माता-पिता भी अब आ ही रहे होंगे।' और फिर वह पण्डितों की ओर मुड़े, 'आप लोग अपना आसन यहीं लगाएं, जमींदार साहब की दृष्टि के सामने ही विवाह की सारी रस्म अदा की जाएगी।'

'विवाह?' उसका मस्तिष्क चकरा गया। यह सब क्या हो रहा है? यह किस प्रकार संभव है? उसका विवाह तो हो चुका है। उसके पास तो एक पत्नी है, एक जीती-जागती पत्नी। दोबारा विवाह करके वह एक पाप का पश्चाताप करते हुए दूसरे इतने बड़े पाप की डोर में उलझ जाएगा कि फिर उसे वहां से कभी मुक्ति नहीं मिल सकेगी। नहीं- नहीं, वह ऐसा नहीं कर सकता, कभी नहीं। यह तो एक निर्दोष अबला पर अन्याय है। नीली उसे कभी क्षमा नहीं करेगी। चट्टानों से सिर टकरा-टकराकर वह अपनी जान दे देगी। नहीं-नहीं, वह अब दोबारा इतना बड़ा पाप कदापि नहीं कर सकता। परन्तु... परन्तु रूपा? रूपा का क्या बनेगा? वह भी तो उसके होने वाले बच्चे की मां है। इसके भविष्य का उत्तरदायी भी तो वही है। फिर? उसका मस्तिष्क चकराता गया। सिर घूमता गया। वह स्वयं में उलझता ही गया- उलझता ही गया।

'क्या बात है बेटा?' डॉ. शर्मा ने उसके मुखड़े पर अनेकों रंग बदलते देखे तो चिन्तित हो उठे।

'डाक्टर साहब।' उसने धीमे स्वर में कहा, 'आपसे मैं एकांत में कुछ बातें करना चाहता हूं- इसी समय।'

डॉ. शर्मा ने उसे कुछ विचित्र ही दृष्टि से देखा- ऊपर से नीचे तक और फिर उसे लेकर वह बाहर निकल आए। कमल डा. शर्मा को लेकर बंगले के अंतिम कमरे में पहुंचा। उन्हें बैठने का संकेत करके वह स्वयं भी वहीं सोफे पर बैठ गया।

'क्या बात है बेटे? आखिर तुम इतने परेशान क्यों हो?' डा. शर्मा ने बैठते ही पूछा।

'डाक्टर साहब।' कमले ने एक गहरी सांस लेते हुए कहा, 'क्या यह

आवश्यक है कि रूपा से मेरा विवाह होना ही चाहिए?'

'हां बेटा, आखिर क्यों नहीं? क्या वह तुम्हारे बच्चे की मां नहीं?'

'डाक्टर साहब।' कमल बोला, 'यह सच है कि रूपा मेरे होने वाले बच्चे की मां है और यह भी सच है कि उसकी बर्बादी का एकमात्र कारण भी ममैं ही हूं। मैंने पाप यिका है, उसे गड्ढे में धकेला है। परन्तु.... परन्तु डाक्टर साहब, आप नहीं समझ सकते हैं मैं उससे विवाह न कर सकने पर कितना विवश हूं।' कमल की आवाज भर्रा गई। पलकें भगी चलीं।

'लेकिन क्यों मेरे बच्चे! आखिर ऐसी क्या विवशता है?'

'डा. शर्मा ने उसके सिर पर प्यार से हाथ फेरा।

'डाक्टर साहब... मैं.... मैं...' कमल कहने में संकोच कर रहा था, 'मैंने अभी हाल में ही एक-दूसरी लड़की से विवाह कर लिया है?'

'कमल!' डा. शर्मा लगभग चीख से पड़े।

'हां डाक्टर साहब, मैं बिल्कुल सत्य कह रहा हू।।' कमल ने एक सिसकी-सी ली, 'अभी हाल में जब मैं पर्वतपुर गया था तो वहीं एक लड़की से मैंने विवाह कर लिया। मुझे विश्वास था कि रूपा मुझे कभी क्षमा नहीं करेगी। इसीलिए मैंने अपने दिल की शांति के लिए ऐसा कर लिया।

एक पल के लिए डा. शर्मा को सांप सूंघ गया। ऐसा प्रतीत हुआ मानो अब तक जितनी भी दवाइयां उन्होंने जमींदार साहब को पिलाई हैं, वह जहर बनकर उनकी रग-रग में दौड़ रही हैं। अब वह केवल कुछेक पल के ही मेहमान हैं। उनकी आंखों के सामने जमींदार साहब की मृत्यु आकर मंडराने लगी। कुछ समझ नहीं सके कि अब उन्हें क्या करना चाहिए। बात जितनी बनाई थी, उतनी ही बिगड़ गई।

'विवाह कर लिया तो लड़की को साथ में घर क्यों नहीं लाए?' कुछ देर बाद उन्होंने पूछा।

'वह लड़की अभी हमारे खानदान के योग्य नहीं है।' कमल ने उत्तर दिया, 'मैंने सोचा कि पहले पिताजी को राजी कर लूं, फिर उसके बाद यहां ले आऊंगा, परन्तु...।' एक आह लेकर वह चुप हो गया।

'करती क्या है वह लड़की?'

'पहाड़ी झील में नाव खेती है।'

'क्या?' डा. शर्मा के सिर पर मानो बम का गोला गिर पड़ा।

'हां डाक्टर साहब।' कमल ने बहुत गंभीर होकर कहा, 'पहाड़ी इलाके में

एक आदिवासी की बहुत ही सुन्दर लड़की है वह।'

'जिस पर तुम निछावर होकर उससे विवाह कर बैठे?'

'उसकी सुन्दरता कोई साधारण सुन्दरता नहीं है।'

'हर जवान लड़की पहली दृष्टि में ऐसी ही होती है।'

'मैंने उसे पहली दृष्टि से नहीं, अंतिम दृष्टि से भी देख रखा है? पहाड़ों की रानी कहलाती रह है वह।' कमल ने बहुत गर्व से कहा।

'यह शायरों वाली बातें हैं।' डा. शर्मा ने कहा, 'भूल जाओ कि तुमने उससे विवाह किया था।'

'डाक्टर साहब।' कमल चीख पड़ा। कांपकर खड़ा हो गया।

'हां बेटे।' डा. शर्मा भी खड़े होकर उसके समीप आए, 'जो बात मैं कह रहा हूं इसी मे तुम्हारी भलाई है। तुम्हारे खानदान की मान-मर्यादा तथा रूपा जैसी महान लड़की का आदर है। रूपा जैसी लड़की तुम्हें किसी भी जन्म में नहीं मिलेगी। इतना सब-कुछ होने के पश्चात् भी वह तुम्हारी होने को तैयार है। उसने तुम्हें क्षमा कर दिया। यदि कोई और लड़की होती तो तुम इस समय जेल या कटघरे में खड़े होते। तुम्हारे पिता शर्म से डूब मरते। अब भी कुछ नहीं बिगड़ा है मेरे बच्चे। संभल जाओ और जीवन को एक नए मोड़ पर डालकर अपना तथा अपने खानदान का नाम ऊंचा करो। भूल जाओ कि कभी तुम पर्वतपुर गए थे, किसी लड़की से प्रेम किया था, विवाह किया है।' डा. शर्मा ने उसे बहुत दूर की सुझाई, 'कभी तुमने यह भी सोचा है कि जब तुम उसे यहां लाओगे तो यह समाज उसे इतनी आसानी से स्वीकार कर सकेगा? तुम एक आजाद ख्याल, पढ़े-लिखे, तथा सभ्य लड़के हो। तुम्हारा संबंध ऊंची-ऊंची सोसाइटी से है, क्लब जाने के शौकीन हो। क्या तुम्हें इसका उचित अनुमान है कि वह लड़की वास्तव में तुम्हारे होने वाले बच्चों को तुम्हारी इच्छा अनुसार शिक्षा दे सकेगी? जब तुम अपनी पत्नी को लेकर दोस्तों-यारों में बैठोगे तो क्या उसकी असभ्यता उनके मध्य मजाक का कारण नहीं तो बनेगी। मैं तो समझता हूं कि बड़े होकर तुम्हारे बच्चे भी उसे अपनी मां कहकर दोस्तों के सामने नहीं पुकार सकेंगे। तुम यह समझते हो कि तुम शादी के बाद उसे पढ़ाओगे-लिखाओगे, समाज में उठने-बैठने योग्य बनाओगे तो तुम्हारा यह विचार गलत है। उसे सुधारते-सुधारते तुम पागल हो जाओगे, वह हमारे योग्य बनते-बनते बूढ़ी हो जाएगी। वह तमाम सुन्दरता जलकर मिट जाएगी जिसके ऊपर दीवाने बनकर तुम इतना बड़ा जुआ खेलोगे। फिर तुम्हारा दिल उससे ऊब जाएगा। आये दिन

तुम उसे डांटते रहोगे। छोटी-से छोटी भूल पर उसे फटकारोगे, उसके दिल को चोट पहुंचाओगे और जब वह बैठकर आंसू बहाएगी तो तुम्हारा दिल करेगा कि उसका खून कर दो। उस गरीब की आहें बटोरकर तुम कहीं के नहीं रहोगे। अपनी भूल पर खिसियाकर तुम उसे इतना सताओगे कि या तो वह कुढ़-कुढ़कर मर जाएगी, या फिर अपने देश को भाग जाएगी।' डा. शर्मा ने एक गहरी सांस ली और फिर बात जारी रखी। बोले, 'मेरा विश्वास करो बेटा, मैं कोई अनुचित बात नहीं कह रहा हूं। मैंने संसार देखा है। जवानी और प्रेम के जोश में आकर लोग अच्छा-भला रिश्ता कर लेने के बाद भी पछताते हैं तो वह लड़की तो एक पिछड़ी हुई कौम से संबंध रखती है। भला तुम्हारी उसकी चार दिन से अधिक क्या पटेगी? मेरा कहा मानो और उसका विचार छोड़ दो। तुम देख लेना कमल बेटा, एक दिन वह भी तुम्हें इसी प्रकार भूल जाएगी। तुम्हारे प्रतीक्षा करते-करते थककर वह चार ही दिन में अपने लोगों में घुल-मिल जाएगी और सच पूछो तो उसे अपने मन का संतोष भी उसी पहाड़ी लोक समाज में ही प्राप्त हो सकात है। उस लड़की की संगति तुम पर कभी शोभा नहीं देगी। कौआ हंस के समूह में कभी अच्छा नहीं लगता। याद रखो इस संसार में जो चीज बनी है उसका एक वर्ग है। पेड़-पौधे, पक्षी, पशु तथा मनुष्य तक में किस्में हैं। हर वस्तु अपनी-अपनी जगह है और वहीं अच्छी भी लगतती है। हर वस्तु का सांसर अलग है। स्वयं मनुष्य का ीाी आपस में ही रहने तथा खाने के ढंग में फर्क है, सोचने तथा बातें करने का ढंग अलग है। जब तक इनमें पूरा-पूरा मेल न हो, जीवन कभी आसानी से नहीं कटता। बड़े-बूढ़े इसीलिए तो विवाह में जात-पात का विशेष ध्यान रखते हैं।'

डा. शर्मा खामोश हो गए। उन्होंने एक सिगार सुलगाया और गहरे-गहरे कश लेने लगे।

कमल सन्नाटे में आ गया। डा. शर्मा की एक-एक बात पर उसने दूर-दूर तक दृष्टि दौड़ाई, गहराई तक बात को समझने का प्रयत्न किया। अपनी नीली का पक्ष लेने के पश्चात् भी उसके प्रेम का पलडा डा. शर्मा की बातों पर हल्का ही उतरा। उसने सोचा, डाक्टर साहब ठीक ही कहते हैं। यदि उसके लिए आवश्यक है कि दो में से एक ही जीवन साथी चुने तो क्यों न वह एक ऐसा अच्छा-जीवन साथी चुने जिसका समाज में आदर हो, मान हो, कोई उस पर कीचड़ उछालने वाला न हो, जिससे घरवाले भी सुखी रहें और वह भी

संतुष्ट, जो उसके होने वाले बच्चों को वास्तव में उस ढंग से शिक्षा दे सके, जिससे उसके बच्चे भी मां कहने का गौरव प्राप्त करें। अपने दिल से जब उसने नीली का विचार अलग यिका तो एक कसक-सी उठी, परन्तु इसे वह कोई महत्व नहीं दे सका। अपने भविष्य पर गौर करके, अपने अस्तितव को पहचान करके, अपने व्यक्तित्व को ऊंचा करके जब उसने अपनी आंखों में रूपा की एक तस्वीर खींची तो उसका स्वार्थ उसके ऊपर छा गया। उसने देखा, रूपा सुन्दर है, अत्यंत सुन्दर है, उसमें सभी गुण हैं और निश्चय ही वही उसकी पत्नी बनने योग्य है। रूपा देवी है जिसे पाकर वह वास्तव में अपने भटके हुए पथ से वापस आ सकता है। रूपा...रूपा... उसका दिल पुकार उठाऔर रूपा की सुन्दर भावनाओं में खोकर वह भूल गया कि उसने कभी नीली से भी प्रेम किया था। कौन कहता है कि वह कभी पर्वतपुर भी गया था? कौन कहता है कि उसका विवाह हुआ है? और तब उसके स्वार्थ की इस ललकार पर दिल की गहराई से उठता प्रश्न बिना कोई उत्तर प्राप्त किए खामोश हो गया। उसने इसे सुनकर भी अनसुना कर दिया। दिल में टीस-सी उठी तो उसने इसे कोई महत्व नहीं दिया। वह करता भी क्या? कोई बात उसके वश में भी तो नहीं। दो रास्ते थे, दोनों ही एक समान, दोनों ही एक ही दूरी के साथ, एक ही मंजिल को जाते थे और उसे इनमें से एक को चुनना था और उसने इसे चुन लिया और तभी उसने प्रतीत किया, उसके पगों के साथ दूसरा पथ भी उसके साथ-साथ चल रहा है। एक पाप का पश्चाताप करने के पश्चात् उसने प्रतीत किया कि वह दूसरे पाप का बोझ भी अपने सिर पर एकत्र किए जा रहा है। नीला का विचार एक छोटा-सा कांटा बनकर ही अब उसके दिल के एक कोने में अटक गया था। जिसका दर्द वह इस समय नहीं प्रतीत कर सका।

और तभी डा. शर्मा ने उससे कहा- 'आओ चलो बेटा, वहां तुम्हारी प्रतीक्षा हो रही है।'

और वह सिर झुकाए डा. शर्मा के साथ हो लिया, इस प्रकार मानो अपने पापों की सजा सुनने जा रहा हो।

❑❑

आज उसके पिता की तेरहवीं थी। उसकी शादी के बाद तुरंत ही उसके पिताजी ने अपने बेटे और बहू को गले से लगाकर आशीर्वाद देते हुए बहुत शांति से अंतिम श्वास खींची और फिर सदा के लिए आंखें बंद कर ली थीं। इन तेरह दिनों में उसके घर में कोई खुशी नहीं हो सकी थी, परन्तु आज के

बाद उसके बहुत सारे प्रोग्राम थे। इन दिनों रूपा ने भी उससे कोई विशेष या अधिक बात नहीं की थी। रूपा की आवश्यकतानुसार हर वस्तु वह नौकर द्वारा ही उसके पास भेज दिया करता था। उसने प्रतीत किया था कि रूपा उसके समीप कम ही आने का अवसर निकालती है। शायद अपने कॉलेज के व्यवहार पर वह अब स्वयं भी लज्जित थी। परन्तु इसमें उसका क्या दोष? वह स्वयं भी तो रूपा के साथ हर बात की ज्यादती करता रहा था। रूपा के स्थान पर कोई भी शरीफ लड़की होती तो ऐसा ही करती। परन्तु फिर भी उसने देखा, रूपा अपने निरपराध पर लज्जित हैं। अपने व्यवहार पर क्षमा-याचना के लिए उससे अवसर पाने की चिन्ता में रहती है।

कमल ने कारोबार संभाल लिया। पूरी सम्पत्ति की देखभाल आरंभ कर दी। घर की लक्ष्मी बनाकर रूपा को सारी वस्तुओं की चाबी थमा दी और अपने काम में जुट गया। सुबह दफ्तर जाता और शाम को घर लौटता तो उसका मन सदा इधर-उधर की चिन्ताओं से पूर्णया स्वतंत्र रहता। परन्तु फिर भी अब तक वह रूपा से खुलकर कभी कोई बात नहीं कर सका था। उनके बीच संकोच की एक दीवार थी, एक दूरी थी और वह दीवार, यह दूरी इसी कारण उत्पन्न थी क्योंकि वे दोनों ही अपने-आपको एक-दूसरे का अपराधी समझते थे। परन्तु एक दिन, जब कमल दफ्तर से लौटकर आया, उसने अपने-आपको अकेला तथा हारा-हारा प्रतीत किया तो वह रूपा के कमरे में जा ही पहुंचा।

रूपा अपने कमरे में पलंग पर बैठी चुपचाप आने वाले नन्हें मेहमान के लिए मोजे बुन रही थी। उसे आते देखा तो अपनी छाती से ढुलका आंचल ठीक से ऊपर चढ़ा लिया और दृष्टि नीचे झुका ली। ऊन तथा बुनने की सलाई के मध्य उसकी उंगलियां धीमी पड़ गई। उसका दिल धीमे-धीमे धड़क उठा था।

वह जाकर उसके समीप ही एक कुर्सी खींचकर बैठ गया।

'रूपा।' कुछ घड़ी उसे देखते रहने के पश्चात् उसने धीमे-से कहा, 'क्या तुमने मुझे अब तक क्षमा नहीं किया?'

रूपा की पलकें कांपी। उसकी उंगलियां एकदम ही स्थिर हो गई, शायद कुछ कहना चाहकर भी वह खामोश थीं।

'मैं चाहता हूं तुम पिछली बातें भूल जाओ।' वह फिर बोला- 'तुम हमारे होने वाले बच्चे की मां हो। इस प्रकार की खींचा-तानी से तुम्हारे तथा उस बच्चे के स्वास्थ्य पर भी बुरा प्रभाव पड़ सकात है। यदि बड़ा होकर उसने हमारे बीच इस खींचा-तानी का कारण पहचान लिया तो तुम्हारे समान वह भी

मुझसे घृणा करने लगेगा।'

रूपा की आंखें छलक आई। आंसू गालों पर से होते हुए जब उंगलियों पर गिरे तो इन्हें देखकर वह चौंक पड़ा। उसके दिल को एक ठेस लगी। नारी जब भी आंसू बहाती है, उसका एक न एक प्रभाव पड़कर ही रहता है। झट उठकर वह उसके समीप आ बैठा।

'अरे!' उसने बहुत प्यार से दो उंगलियों द्वारा ठुड्डी से उसका मुखड़ा ऊपर उठाया और आंखों में झांका। गहरी काली तथा बड़ी-बड़ी आंखें काले बादलों के समान भीगी हुई थीं। उसका जी चाहा इन आंसुओं की कीमत अदा करे, इन्हें पोंछकर अपनी छाती से छिपा ले, परन्तु दिल में संकोच की दूरी अब भी शेष थी। वह बोला- 'तुम रो रही हो? क्या मुझसे इतनी घृणा है कि मेरी बात तक नहीं सुनना चाहती? लो अब मैं तुम्हारे समीप कभी नहीं आऊंगा।'

कमल उठकर जाने को तैयार हुआ, परन्तु तभी रूपा ने उसका हाथ थाम लिया। उसकी छाती पर अपना गाल रखकर वह फूट-फूटकर रो पड़ी। उसके आंसुओं से कमल की कमीज भीग गई।

कमल ने प्रतीत किया, रूपा भी एक नारी है, बिल्कुल वैसी ही नारी जैसी नीली थी। रूपा के आंसू उसके दिल में उसी समान चुभते चले गए जैसे एक दिन उस अंतिम सुहारागत के बाद, विदा होते समय नीली के आंसू उसको चुभ रहे थे।

रूपा को उसने अपनी बांहों में समेट लिया। उसके कोमल पपोटों को चूम लिया। अधरों को प्यार कर लिया। उसने प्रतीत किया, रूपा अब भी वही कॉलेज की कुंवारी छैल-छबीली लड़की है जिसे प्राप्त करना आकाश से तारे तोड़ने के बराबर था, उसकी सांसों में वैसी ही सुगन्ध है, होंठों में वैसी ही मिठास है जिसका अनुमान लगाकर वह कॉलेज के दिनों में उसके पीछे भागता रहा था। उसकी बांहों की पकड़ और मजबूत हो गई।

और रूपा की आंखों से प्यार का झरना फूट निकला।

❐❐

दिन बीत रहे थे। बीत गए। समय पंख लगाकर उड़ रहा था। उड़ गया। लगभग चार मास बीतने को आए। इन चार माहों में रूपा ने वह सब-कुछ ही पाया जो एक नारी के नाते उसे मिलना चाहिए था और पिछली सारी ही घटनाएं भूलकर उसने कमल को अत्यधिक प्यार दिया। कमल ने भी रूपा को

दिल व जाने से प्यार किया। रूपा की मुस्कान पर वह कदमों तले बिछ-बिछ गया। दफ्तर से थक-मांदा जब वह शाम को घर लौटता तो रूपा उसके स्वागत में अपनी मुस्कराहट द्वारा उसे ऐसा स्नान करा देती कि वह फिर ताजा दम हो जाता। उसे प्यार से गले लगा लेता।

परन्तु कमल ने अपने अंदर एक परिवर्तन भी प्रतीत किया था। क्रमशः उसे लगता मानो दिल के अंदर एक छोटा-सा छिपा कांटा अब धीरे-धीरे ऊपर को उभर रहा है। इसकी टीस में उसे जहर-सी जलन प्रतीत होती। ऐसा लगता मानो दिल के अंदर ही अंदर एक नासूर उत्पन्न होकर बह रहा है। क्रमशः उसने इसका इलाज रूपा की मुस्कान से भी करना चाहा परन्तु विफल रहा। उल्टे रूपा की मुस्कान में सम्मिलित होने के लिए उसे अपने दिल में उभरते दर्द को छिपाना पड़ता था। रूपा पर इसका प्रभाव जाने क्या पड़ सकता था। रूपा नारी है और वह भी उसकी पत्नी। वह किसी भी अवस्था में अपने पति के दिल में किसी पराई नारी की छाया देखना नहीं पसन्द करेगी। नारी का स्वभाव ही अपनी जाति से जलना है।

इधर कुछ दिनों से कमल पर व्याकुलता का मानो दौरा पड़ने लगा था, जिस रात एक बार अचानक ही उसके सपने में नीली आ खड़ी हुई थी। उसने देखा था उसका शरीर भी बिल्कुल ऐसा ही ढीला हो चला है जैसा चार मास पहले उसने रूपा का शरीर देखा था। नीली की आंखों में वही उदासी, वही अंधकार था जो चार मास पहले यहां आने पर उसने रूपा में पाया था। नीली अपनी बांहें फैलाए बूटी नगर की सीमा पर खड़ी उसकी स्वागत में प्रतीक्षा कर रही थी। आंख खुलने पर वह तड़प उठा था और आज तक वह उसी प्रकार तड़पता आ रहा था। क्रमशः अपनी स्थिति को संभालने के लिए जब वह रूपा की बात पर मुस्कराता तो वह उसे देखती ही रह जाती, कुछ इस प्रकार मानो उसके दिल के अंदर झांककर उसकी वास्तविकता का ज्ञान कर रही है। क्रमशः जब रात को सोते-सोते व्याकुल होकर वह उठ बैठता तो रूपा समीप ही पलंग पर लेटे-लेटे उसे विचित्र दृष्टि से देखने लगती। यदि कुछ पूछती तो वह उसे टाल जाता। क्रमशः रूपा को गहरी नींद में डूबा देखने के बाद वह अपने दिल की तड़प से मजबूर होकर दबे पगों कमरे से बाहर निकल जाता। जाकर लॉन में रंग-बिरंगी मछलियों के टैंक के समीप खड़ा हो जाता। पानी की कंपन में आकाश के चन्द्रमा की छाया देखकर वह सारा दृश्य उसके सामने घूम जाता जो बूटी नगर की झील में उसने नीली के साथ बिताया था। जब उसका दिल

तड़प से फटने लगता तो वह अपने दूसरे कमरे में पहुंचता, तिजोरी खोलकर एक जेवर के सैट का केस बाहर निकालता, इसे खोलता, जेवरों के नीचे दफ्ती के अंदर से कुछके तस्वीरें बाहर निकलता। कुछ घड़ी निरंतर देखते रहने के बाद वह तस्वीर को चूम लेता। उसकी आंखें छलक आती थी। उसकी दबी-दबी सिसकियों से कमरे का वातावरण सांय-सांय करने लगता था।

❑❑

'मैं आपसे कुछ कह रही हूं।' एक दिन जब वह नीली के विचारों में खोया हुआ था तो रूपा ने उसे टोका।

'क्या?' उसने चौंककर पूछा।

'यह कि आप आजकल क्यों इस प्रकार खोये-खोये रहते हैं?'

'ऐसी कोई बात नहीं।' उसने मुस्कराने का प्रयत्न किया।

'ऐसी बात है और अवश्य है।' रूपा उसके समीप ही बैठ गई।

'क्या?' उसका दिल धड़क उठा।

'कहीं आप मुझसे विवाह करके पछता तो नहीं रहे है?' रूपा ने उसका हाथ थाम लिया।

और उत्तर में उसने रूपा को झट अपनी छाती से लगा लिया।

'नहीं रूपा नहीं, ऐसी बात नहीं है।' उसने बहाना किया, 'मैं तो दरअसल कुछ और ही सोच रहा था।'

'क्या?'

'ओह रूपा, कुछ भी नहीं सोच रहा था।' उसने अपनी गलती महसूस की।

'मैं समझ गई आप क्या सोच रहे थे।' रूपा लगभग सिसककर बोली- 'आपको शायद यही विचार सताता है कि ट्रेन में मुझसे इतनी बातें सुनने के बाद भी आपने मुझे क्यों क्षमा कर दिया, परन्तु मैं इसके लिए आपसे पहले ही क्षमा मांग चुकी हूं।'

'ओह रूपा!' उसने उसे अपनी बांहों में और अधिकता से समेट लिया, 'यह कैसी छोटे दिल वाली बात तुम करती हो? भला वह सब बातें भी कोई याद करने योग्य हैं। तुम तो मेरी जान दो, मेरी धर्मपत्नी, मेरी आत्मा हो तुम।' कमल ने यूं कहा मानो अपने-आपको धोखा दे रहा हो।

रूपा उसकी मीठी बातें सुनते ही सब-कुछ भूल गई। उसकी छाती से लगकर गर्म-गर्म सांसें लेने लगी, जहां एक बार नीली ने भी ऐसा ही किया

था। दिल के अंदर एक तस्वीर थी और दिल के ऊपर एक और वह दोनों को ही दुःखी नहीं करना चाहता था। उसने दोनों को ही समेटकर प्रसन्नता की भेंट चढ़ाना चाहा।

परन्तु एक दिन वह दफ्तर से शाम को अपने घर लौटा तो रूपा ने दरवाजे पर उसका स्वागत नहीं किया। उसे आश्चर्य हुआ, परन्तु दिल में चोर था इसलिए धड़कनें भी उठीं। एक बार यह भी विचार आया कि शायद वह अंदर किसी काम में व्यस्त हो। बैठक से होकर वह ऊपर को जाने वाली सीढ़ियों पर चढ़ा। कमरे में पहुंचकर उसने अपना कोट उतारा, टाई उतारी थी अभी कमीज के बटन खोल ही रहा था कि सामने ड्रेसिंग अलमारी में लगे दर्पण में निगाह पड़ते ही चौंक पड़ा। रूपा खड़ी हुई थी। वह पीछे पलटा, रूपा को देखा तो दिल एक बार फिर धड़का। उसका मुखड़ा अत्यंत उदास था। आंखें रो-रोकर सुर्ख हो चली थीं। बाल बिखरे पड़े थे। दर्द और गम की एक ऐसी तस्वीर थी वह कि उसे देखते ही उसका दिल कांप गया।

'रूपा, तुम?' उसके समीप आते हुए उसने मुस्कराने का प्रयत्न किया। उसने चाहा कि उसे अपनी बांहों में समा ले, परन्तु वह एक ही झटके में पीछे हट गई।

कमल की सांस अटक गई।

'कहो क्या बात है रूपा?' कमल ने फिर भी नम्रता से काम लिया।

'मैं यह पूछ सकती हूं कि आपने मेरे साथ इतना बड़ा अन्याय क्यों किया?' रूपा के मस्तक पर आज अचानक ही सिलवट फिर उभर आई थी जो उसमें कॉलेज के दिनों में देखी थी। वह बिफरकर कहती ही गई, 'क्या एक बार मुझ पर जुल्म करने से आपका दिल नहीं भरा था? आखिर यह किस जुर्म की सजा आप मुझे दे रहे हैं?'

'रूपा।' कमल ने कहना चाहा। उसको काटो तो मानो रक्त ही नहीं था।

'आखिर यह तस्वीरें किस नागिन की हैं जिसकी आप यूं छिप-छिपकर पूजा करते हैं?' रूपा ने अपने पीछे से हाथ बढ़ाकर उसके सामने कर दिया।

नीली- तस्वीरों पर दृष्टि पड़ते ही वह कांप गया। पैरों तले धरती सर गई। एक रंगे हाथों पकड़े हुए अपराधी के समान उसका मुखड़ा पीला पड़ गया।

'मैं बहुत दिनों से आपके बदले हुए व्यवहार को अच्छी तरह परख रही हूं।' रूपा ने क्रोध से कुढ़कर कहा, 'आपको मैंने कई बार आधी-आधी रात में परेशान टहलते हुए देखा है, परन्तु आप पर विश्वास करके मैं इसका कारण

कुछ और समझती रही। परनतु कल रात जब मुझे सोता हुआ छोड़कर आप तिजोरी खोल रहे थे तो मैं जाग पड़ी थी। खिड़की द्वारा झांककर देखा तो आप इन तस्वीरों को दीवानों के समान चूम-चूमकर आंसू बहा रहे थे और आज आपके जाने के बाद इसी शक पर जब मैंने उस तिजोरी की तलाशी ली तो यह भेद हाथ लगा। क्या मैं पूछ सकती हूं कि यह आवारा लड़की है कौन?'

'रूपा।' कमल ने चाहा कि हाथ बढ़ाकर रूपा से वह तस्वीरें झपट ले।

परन्तु रूपा सतर्क थी, कुछ पीछे हटकर उसने अपना हाथ अलग खींच लिया।

'बड़ी दया आ रही है इस लड़की पर।' वह जल-भुनकर कुटिलता से बोली, 'नागिन कहीं की।' और फिर उसने उन सभी तस्वीरों को फाड़कर टुकड़े-टुकड़े कर दिया।'

कमल कुछ न बोला। परन्तु जब रूपा ने इन टुकड़ों पर थूका, इन्हें फर्श पर पलटकर रौंदने लगी तो कमल के दिल पर अंगारे लोट गए।

नारी का नारी से बड़ा शत्रु शायद कोई भी नहीं है।

'रूपा।' वह चीख पड़ा।

'दिल पर सर्प लोट रहा है क्या?' रूपा ने घृणा से कहा। तस्वीर के टुकड़ों पर से उसने अपनी ऐडी नहीं हटाई।

'किसी नारी का इस प्रकार अपमान करने का तुम्हें कोई अधिकार नहीं।' कमल ने तड़पने के पश्चात् भी सब्र से काम लिया।'

'खूब।' रूपा तपती-सी मुस्कराई, 'आपके मुंह से आज बड़े अच्छे शब्द निकल रहे हैं! नारी की मान-मर्यादा का विचार आपको कब से होने लगा।'

कमल तिलमिलाकर रह गया।

'इस नागिन की तस्वीर का तो अब एक टुकड़ा भी अपने घर में नहीं रहने दूंगी।' पेरों को और जोर से दबाकर मसलते हुए रूपा बोला, 'इस कुलटा ने मेरी रही-सही प्रसन्नता पर भी पानी फेर दिया। कमीनी-नीच, पापिन...।'

'रूपा।' कमल आगे बढ़ा। रूपा का हाथ पकड़कर उसने अलग खींच लिया।

'आपको उस पापिन पर दया आ रही है जिसने मेरा सब-कुछ लूट लिया!' रूपा के दिल को तख्त चोट पहुंची, 'उस आवारा और...।'

'रूपा।' कमल इस बार बहुत जोर से चीखा।

'मुझ पर क्या चीख रहे हैं। रूपा ने चीखकर कहा, 'अपने आप पर

चीखिये कि मेरे लिए एक सौत क्यों उत्पन्न कर दी?'

कमल का पारा अपनी चरम सीमा पर पहुंच चुका था। नीली के प्रति इतनी बातें सहते-सहते उसका दम घुटा जा रहा था। आखिर उससे रहा नहीं गया। क्रोध में आकर उसने रूपा का हाथ बुरी तरह झटक दिया और गरजकर बोला, 'तुम्हारी सौत वह नहीं, तुम उसकी सौत हो। पहले उसका विवाह मुझसे हुआ था।'

रूपा के कदमों तले धरती खिसक गई। अपने कानों पर उसे विश्वास ही नहीं हुआ। होंठ कांपकर चिपक गए, गला सूख गया मानो उसके शरीर का रहा-सहा रक्त भी किसी निर्दयी ने एक-एक रग से निचोड़ लिया हो। उसकी आंखों में आंसू छलक आए। दिल छाती से बाहर निकल आया।

कमल को अपनी बात पर अफसोस हुआ। परन्तु वह करे भी क्या? रूपा यदि क्रोध दिखा सकती है तो भला वह क्यों दबने लगा? फिर भी रूपा की स्थिति देखकर उसके दिल को चोट पहुंची।

रूपा कुछ पल उसी प्रकार खड़ी रही। अपने आप पर काबू पाकर उसने बहुत भीगे स्वर में कहा, 'यदि यह बात मुझसे पहले मालूम होती तो मैं किसी भी अवस्था में आपसे विवाह नहीं करती। आपने मुझसे ही नहीं बेचारी उस लड़की से भी छल किया है। आप इस योग्य नहीं रहे कि मेरे बच्चे के पिता कहलाएं। मैं यहां से जा रही हूं। इस गरीब पर अब आपकी छाया भी नहीं पड़ने दूंगी। यह पहाड़-सा जीवन अब कट ही जाएगा, क्योंकि मेरे माथे से कलंक का टीका मिट चुका है। मैं एक विवाहिता स्त्री हूं, जीते-जागते पति की एक मुर्दा विधवा हूं।' रूपा ने अपने आंसू पोंछे और चलने को तैयार हुई।

'तुम इस घर से हर्गिज नहीं जाओगी- 'कमल ने चीखकर आज्ञा दी, 'तुम इस खानदान की लाज हो और यह लाज खुलेआम सड़क पर इस प्रकार नहीं भटकेगी।

'इस घर की लाज तो आप हैं और आपकी पहली पत्नी।' रूपा ने चोट की, 'मैं कौन होती हूं, जिससे आपको अपने खानदान की इज्जत का इतना भय उत्पन्न होने लगा?'

'रूपा।' कमल ने लपककर उसकी राह रोक ली। क्रोध से कांपकर वह बोला- 'शायद तुम भूल रही हो, विवाह के बाद घर की दहलीज से नारी की केवल अर्थी ही बाहर निकलती है।'

रूपा मुस्कराई, कुछ इस तीव्र कुटिलता से कि कमल के दिल पर जलते

अंगारे शोले बन गए। रूपा गर्दन को घृणा से झटककर आगे बढ़ गई। परन्तु कमल के मस्तिष्क पर भी क्रोध का शैतान सवार था। रूपा के एक ओर उठकर मुस्कराते होंठों की जलन को वह सहन नहीं कर सका। रूपा का हाथ उसने सख्ती से थाम लिया।

'तुम कौन होते तो मुझे छूने वाले?' क्या नाराजगी प्रकट करके चीखी, 'क्या तुमने मुझे ट्रेन में पड़ी एक बेहोश लड़की समझ रखा है? अपनी अभागिन पत्नी का हाथ थामो जो बहुत विश्वास से तुम्हारे प्यार के बिछाए जाल का शिकार है। ऐसा न हो कि वह भी तड़प-तड़पकर मर जाए और उसकी आह के कारण तुम उधर के भी न रहो।'

'तुम यहां से नहीं जा सकती।' कमल ने उसकी बात की परवाह किए बिना ही आज्ञा दी।

'मैं जाऊंगी और अवश्य जाऊंगी। रूपा बोली, 'संसार के सामने अपनी झूठी शाम रखने के लिए तुम मुझे अपनी पत्नी बनाए रखो और दिल में किसी और की तस्वीर बिठाकर रखो, यह मैं कभी नहीं सहन कर सकीत। इसके लिए यदि मुझे कानून के सहारे की भी आवश्यकता पड़ी तो मैं संकोच नहीं करूंगी। ईश्वर तुम्हें कभी क्षमा नहीं करेगा। तुम पापी हो, तुम...।'

कमल आगे कुछ नहीं सुन सका। क्रोध से उसकी आंखों में शोले भड़क उठे। अपने ताकतवर हाथ से उसने रूपा के गाल पर एक भरपूर थप्पड़ इस प्रकार मारा कि उसकी आवाज ही अटक गई। लड़खड़ाकर वह फर्श पर धड़ाम से गिर पड़ी। उसका सिर पक्के फर्श से टकाराया तो उसे चक्कर-सा आ गया। एक पल यूं ही नीचे पड़ी रहने के पश्चात् जब वह अपने को संभालकर खड़ी हुई तो उसके पग बुरी तरह कांप रहे थे। अपनी आंसू भरी आंखों से उसने बहुत घृणा से कमल को घूरा।

कमल ऊपर से नीचे तक कांपकर रह गया। दिल फट गया। उफ् रूपा की आंखों में किस कदर दर्द था। उसका जी चाहा कि वह रूपा से तुरन्त ही क्षमा मांग ले। उसके पगों पर गिर पड़े और उसे वचन दे कि वह नीली का अब विचार भी अपने दिल में कभी नहीं लाएगा। वास्तव में उसने रूपा पर बहुत अत्याचार किया है और अब और भी अधिक किए जा रहा है। रूपा तो एक सहनशील नारी है जिसने उसके लिए क्या नहीं त्याग दिया, सब-कुछ उसकी इच्छाओं पर बलि चढ़ा दिया। आखिर एक नारी ही है वह। कब तक अपने पति को एक पराई स्त्री के प्यार की आग में झुलसते देखकर खामोश

रहती?

कमल की स्थिति उस नाव के समान डावांडोल थी जो न नदी के इस पार ही जा सकती थी और न उस पार ही। रूपा पर वह किसी प्रकार का जुल्म नहीं करना चाहता था, परन्तु बात इतनी बढ़ चुकी थी कि उसे जोश आ ही गया। नीली की बुराई सुनते ही उसका कलेजा फट उठा था। आखिर इसमें नीली का भी क्या दोष? वह तो उसके बारे में कुछ भी नहीं जानती। कितनी भोली-भाली लड़की है वह! अपने दिल को शांति देने के लिए उसने इस झंझअ का सारा दोष रूपा पर उड़ेल दिया। अपने आपको संतोष देने के लिए उसने सोच लिया कि यदि रूपा उस दिन ट्रेन में ही उसका कहा मान लेती तो वह फिर कभी पर्वतपुर नहीं जाता, फिर उसे वहां नीली भी नहीं मिलती और आज यह नौबत भी नहीं आती। हां-हां, सारा दोष रूपा का ही है, केवल रूपा का। परन्तु... परन्तु शैतानी दिल के अंदर, एक कोने में इंसानियत का भी एक छोटा-सा जज्बा था, इस जज्बे से कर्तव्य था, सच्चे प्रेम की भी पुकार उठ रही थी और उसने जब इस पुकार को सुना, इसके शब्दों को पहचाना, अपने दिल के दर्पण में अपना वास्तविक प्रतिबिम्ब देखा, तो स्वयं को धोखा नहीं दे सका। उसे मानना पड़ा कि दोष उसका अपना है, सारा ही दोष उसका अपना है, केवल उसका-पापी कमल का।

अचानक एक भारी-भरकम वस्तु लड़खड़ाकर गिरने की आवाज से वह चौंक पड़ा। उसने देखा, रूपा कमरे से बाहर जा चुकी थी। लड़खड़ाकर गिरने की आवाज अब भी आ रही थी। वह पीछे दरवाजे की ओर लपककर बाहर आया। सामने दृष्टि पड़ी तो घबरा गया। नीचे को जाने वाली सीढ़ी पर रूपा का शरीर गेंद के समान लुढ़कता हुआ फर्श पर धम्म से जा गिरा था।

'रूपा।' वह तड़पकर चीख पड़ा। लपककर उसने सीढ़ियां फलांगी और अट नीचे पहुंचा। वहीं पर बैठ गया और रूपा का मुखड़ा अपनी गोद में रख लिया। उसने देखा- उफ्! रूपा के मस्तक से रक्त निकल रहा था। पलकें बंद थीं, परन्तु आंसू अब तक जारी थे। गाल भीगकर तर हो रहे थे। शायद गम और गुस्से के कारण वह स्वयं पर काबू नहीं कर रही थी और इसीलिए सीढ़ी उतरते समय उसके पग लड़खड़ा गए होंगे। बेचारी, उसकी बदमिजाजी का शिकार बनकर एक लाश के समान अचेत पड़ी हुई थी।

'रूपा...रूपा...।' वह सिसककर रो पड़ा। 'रूपा।' वह तड़पकर चीख पड़ा। उसके आंसू आंखों द्वारा सोते के समान फूटकर उबल पड़े। हिचकियों

के बीच वह बोला- 'मुझे क्षमा कर दो रूपा, मुझे क्षमा कर दो, मैंने यह सब क्रोध में कह दिया था। मुझे क्षमा कर दो, मेरी जान, अब मैं कभी ऐसी गलती नहीं करूंगा। रूपा- उफ्! मेरे भगवान, मेरे पापों की सजा इस निर्दोष को न दो, मेरी रूपा को बचा लो, मेरी रूपा को बचा लो।' वह फूट-फूटकर रोता रहा, रोते हुए दीवानों के समान रूपा का मुखड़ा हाथ में लेकर आंसू बहाता रहा- रूपा देखो मैं तुमसे क्षमा मांग रहा हूं। तुम्हारे चरण छू रहा हूं। आंखें खोलो... मेरी ओर देखो रूपा।'

परन्तु रूपा बेहोश पड़ी थी। वह आंखें नहीं खोल सकी। उसकी गहरी-गहरी सांसों के साथ उसका गदराया शरीर ऊपर-नीचे होता रहा।

❐❐

रूपा ने आंखें नहीं खोली, कभी नहीं खोली। उस दिन की दुर्घटना के बाद उसकी पलकें हिली तक नहीं। होंठ तक नहीं कांपे। डाक्टर ने बताया कि यह एक 'सीरियल अबार्शन' केस था जिससे बच जाना एक चमत्कार ही होता। रूपा चली गई सदा-सदा के लिए। अपनी सारी मुसीबत, अपना सारा दुःख, जीवन भर के आंसू और तड़प को ठुकराकर उसने मुक्ति पा ली। रूपा से वह क्षमा तक नहीं मांग सका, उसे अपनी परिस्थिति तक नहीं समझा सका, उसे अपने दिल का राजदां तक नहीं बता सका- और वह उसे कोई अवसर दिए बिना ही चली गई। अपनी तड़प से स्वतंत्रता पाकर वह उसे भी स्वतंत्र कर गई, परन्तु वह इस स्वतंत्रता में तड़प के अतिरिक्त कुछ भी नहीं पा सका। वह अपनी ही दृष्टि का अपराधी था। उसके दिल को सख्त चोट लगी। शरीर के एक-एक अंग में नासूर समा गया। वह दर्द से पागल हो उठा। रूपा ने उसे क्षमा करके कितनी बड़ी सजा दी थी। कितनी बड़ी सजा!

उसे संसार की एक-एक वस्तु से घृणा हो गई, अपने आपसे वह घृणा करने लगा, स्वयं को तुच्छ समझकर वह अपने विचारों, अपने अस्तित्व से भाग जाना चाहता था। रूपा, एक अमिट तस्वीर बनकर उसकी नजरों के सामने छाई रहती थी। जब रात के सन्नाटे में वह अकेला होता, जब सारा सांसर सोता रहता और वह जागता रहता तो उसे केवल रूपा का ही विचार एक प्रेत बनकर सताता रहता। वह प्रतीत करता कि उसकी सिसकियां वातावरण पर छा रही है, हवाओं की नमी में उसके आंसू सम्मिलित हैं, उसकी हाय उसके दिल में तीर बनकर उतर रही है और तब वह अपने आपको भूल जाना चाहता... रूपा के विचारों से दूर भाग जाना चाहता और इसीलिए अब वह रात में बहुत देर से

घर आने लगा था। दिन में दफ्तर के काम में स्वयं को उलझाकर वह जीने का बहाना ढूंढता, फिर शाम होते ही उधर से उधर ही क्लब चला जाता। रूपा को विचारों से मुक्ति पाने के लिए वह कई रात तक मित्रों के मध्य शराब पीता रहता। जीवन नीरस भी होता तो कट ही जाता, परन्तु इस जीवन पर तो उसके अनगिनत पापों का भार था और एक-एक भार को उतारने के लिए उसे सौ-सौ जन्म भी मिलते तो कम थे।

कुछ दिन बीते तो समय ने उसके चीखते-चिल्लाते दिल पर खामोशी का फाहा रखा। उसकी तड़प को कम किया। उसे जीने की शक्ति प्रदान की। उसे निरंतर सोच में डूबे रहने के कारण उसके मित्रों ने समझाया, वह जवान है, खूबसूरत है, धन-दौलत का मालिक है, क्यों नहीं वह जीवन को आनन्दित बनाने के लिए दूसरा विवाह कर लेता है। उसके दिल की वास्तविकता से अनभिज्ञ होकर उन्होंने उसे कई बार सलाह दी कि उसे पिछली बातें भूल जानी चाहिए। जीवन को सुखमय बनाने के लिए आवश्यक है कि गाड़ी का एक पहिया टूटते ही दूसरा बदल दिया जाए। मित्रों की बातों का सहारा लेकर जब रात की तन्हाई में वह रूपा को भूलने का प्रयन्त करता तो ऐसा प्रतीत होता मानो नीली अपनान हाथ फैलाए, बूटी नगर की सीमा पर अब तक उसकी प्रतीक्षा कर रही है। नीली? कई बार उसने उस पर विचार किया, कई बार उसे पलकों के बहुत ही समीप करके उसने देखा तो मन की बात उसकी इच्छानुकूल ही प्रतीत हुई। वह उसे चाहती है, प्यार करती है, वह उसकी पत्नी है, धर्म-पत्नी, निश्चय ही अब तक उसकी प्रतीक्षा कर रही होगी। वह जीवित है, उसे जीवित होना ही चाहिए, वह उसके होने वाले बच्चे की मां भी तो है। अवश्य ही उसने अपनी जान उसके लिए न सही, उसके बच्चे के लिए तो बचाकर ही रखी होगी। उसे जाना ही चाहिए- अवश्य ही- वह उसकी राह देख रही है। नीली को पाने के लिए अब उसकी राह में कोई अड़चन नहीं रह गई है। वह स्वतंत्र है, पिता के भय से तथा रूपा के जुर्म से भी। अब उसका कोई भी कुछ नहीं बिगाड़ सकता। वह जाएगा, बूटी नगर, अवश्य और कल सुबह ही की गाड़ी से।

आखिर एक दिन उसने ऐसा निर्णय कर ही लिया।

❑❑

पर्वतपुर। यद्यपि यहां कुछ भी नहीं बदला था, वही स्टेशन, वही टी.टी., फिर भीउसे हर वस्तु बिल्कुल नई और अपरिचित-सी प्रतीत हुई। यहां

आए उसे छः मास बीत चुके थे। हर वस्तु वहीं की वहीं स्थिर थी, फिर भी वह एक नये परदेशी के समान ही यहां उतरा। शायद वह उसके दिल का ही भेद था जिसे केवल वही समझ सकता था। प्लेटफार्म पर उतरने के बाद उसने महसूस किया कि ठंड पहले से कहीं अधिक बढ़ चुकी हैं। हाथों में चमड़े के मोटे दस्ताने, पैरों में ऊंचे-ऊंचे बूट, शरीर पर ओवरकोट तथा गले में मोटर मफलर, परन्तु फिर भी उसे ठंड प्रतीत हो रही थी। उसने टट्टू का प्रबन्ध किया और धड़कते दिल के साथ आशा का दामन थामकर बूटी नगर के पथ पर हो लिया।

बूटी नगर की सीमा पर वह पहुंचा तो ठिठक गया, अंतिम बार उसने नीली को यही देखा था। नीली ने उसके जाने के बाद जाने कितने ही दिन इसी स्थान पर खड़े-खड़े उसकी प्रतीक्षा की होगी। उसकी याद आते ही उसकी आंखों के सामने एक तस्वीर आकर खड़ी हो गई। नीली- वह मन-ही-मन बड़बड़ाया। परन्तु फिर टट्टू के आगे बढ़ जाने के कारण वह दूर-दूर तक पहाड़ी दृश्यों में खो गया। दूर तक फैले हुए पहाड़ चोटियों पर बर्फ की तह एकत्र थी, घाटियां, जिनकी गहराई को देखकर दिल कांप जाए, ऊंचे चिनार और देवदार इनकी छांव में कुछ पहाड़ी बच्चे भेड़ चरा रहे थे। सहसा उसकी दृष्टि कुछ दूर जाने वाली एक ढलवान पगडण्डी पर पड़ी। एक शहरी जोड़ा स्टेशन की ओर जा रहा था। घाटियों द्वारा ऊपर को उठते हुए बादल इतने घने थे कि वह उन्हें भली प्रकार नहीं देख सका। उसे उन्हें भली प्रकार देखने की आवश्यकता भी क्या थी। होंगे कोई! उसे उनसे संबंध ही क्या? अब तक किसी विशेष कारणवश ही वे यहां ठहरे होंगे। दो टट्ओं पर एक-एक करके वह एक-दूसरे के साथ-साथ जा रहे थे। तीसरे पर सारा सामान लदा हुआ था।

'लोग उस पगडण्डी से क्यों जा रहे हैं?' उसने टटूटवान से पूछा- 'स्टेशन का रास्ता तो इस तरफ से है।'

'स्टेशन के रास्ते तो बहुत से हैं बाबू।' ट्टूवान ने उत्तर दिया- 'जिसको जिस तरफ सुन्दर दृश्य मिल जाएं बस उधर ही से निकल जाता है।'

वह कुछ न बोला। अपने पथ पर खो गया। दूर-दूर तक हर आने-जाने वाले पर अपनी दृष्टि दौड़ाते हुए वह अपने मन की आंखें तलाश करता रहा, परन्तु डाक बंगले तक उसे कहीं भी वह नहीं दिखाई पड़ी। उसके दिल की धड़कन अपने आप तेज हो चली थी। जिसका वह कोई कारण न निकाल सका। एक अज्ञात भय से उसका दिल बार-बार कांप उठता था। उसका

विश्वास निर्बल पड़ता था।

डाक बंगला के बरामदे में बैठा गोपाल हुक्का पी रहा था। साथ में दो और पहाड़वासी भी गप्पें लड़ा रहे थे। लॉन में अलाव जल रहा था जिसकी गर्मी पाने के लिए उन्होंने दूर ही से अपने हाथों को आगे कर रखा था। बंगले के गेट पर ज्योंही ट्टटू खड़ा हुआ- गोपाल उसे पहचानते ही लपककर समीप आ पहुंचा।

'अरे बाबू! आप?' आश्चर्य से उसने पूछा।

'हां।' टट्टू से उतरते हुए पूछा उसने, 'कैसे हो गोपाल?'

'ठीक ही हूं सरकार।' गोपाल बोला और फिर दूसरे टट्टू पर से सामान उतारने लगा- 'आखिर आपका मन शहर से उकता ही गया?'

'हां गोपाल।' वह बोला- 'तुम्हारे बूटी नगर से मुझे प्रेम हो गया है।'

'यह तो अपनी-अपनी पसन्द है बाबू साहेब, जो भी आता है वह यहां से जाते समय दुःख अवश्य प्रकट करता है।' गोपाल ने कहा- 'परन्तु बाबू साहेब, आप फिर भी वह पहले यात्री हैं जिसे बूटी नगर का प्रेम इस मौसम में यहां खींच लाया है। वैसे यदि आप दो मास बाद आते तो अच्छा होता। अब तो कुछेक दिनों में यहां निरंतर ही बर्फ पड़ने वाली है। इस बर्फबारी में भला आप यहां का क्या आनन्द उठाएंगे?'

उसने कोई उत्तर नहीं दिया। अलाव के पास जाकर खड़ा हो गया। दस्ताने उतारकर हाथ सेंके, फिर बंगले के अंदर चला गया। इससे पहले कि गोपाल उसे कॉफी बनाकर दे, उसने अंदर कुछ गर्म कपड़े चढ़ाए और फिर बाहर निकल गया।

तब शाम ढल चुकी थी। धुंध के ऊपर कोहरे की मोटी चादर छाती चली जा रही थी।

वह झील के किनारे पहुंचा। हर वस्तु उसी सामान थी जैसा वह उन्हें छोड़कर गया था- खामोश, उदास, ख्यालों में डूबी हुई, मानो किसी की प्रतीक्षा कर रही हो। उसने देखा, नीली का शिकारा पानी की खामोश सतह पर खाली पड़ा हुआ है। चप्पू एक ओर को बेतरतीब से लुढ़के पड़े थे। वह शिकारे पर जाकर बैठ गया इधर-उधर दृष्टि दौड़ाकर वह बार-बार कोहरे की धुंध में घूरता रहा। बार-बार उसकी दृष्टि घड़ी पर उठ जाती थी, परन्तु हर बार घड़ी की टिक-टिक के साथ उसके दिल की धड़कनें भी तेज होती गई। उसकी आशा पर निराशा का अंधकार छाता चला गया।

आसपास कुछेक नावें और भी थीं, परन्तु किसी यात्री को इस मौसम में न पाने के कारण ही शायद सारे नाविक पहले ही चले गए थे।

उसके बैठे-बैठे बहुत देर हो गई। यहां तक कि रात के दो बज गए। आज कोहरा बहुत देर बाद छंटा था, इसलिए चन्द्रमा जब उभरा तो काफी ऊपर आ चुका था। पूरे चांद में अभी चौबीस घंटे की कसर थी फिर भी इसके प्रकाश से वातावरण पूर्णतया सुनहरा था। दूर-दूर तक के दृश्य बिल्कुल स्पष्ट दिखाई पड़ रहे थे। परन्तु हर तरफ खामोशी थी, एक भेदभरा सन्नाटा, मानो हवाओं के बहाव ने रुककर उसके दिल की गति पर अपने कान रख दिए हों।

नीली तब भी नहीं आई तो वह डाक बंगले को लौट आया, दिल में तरह-तरह के विचार उठने लगे थे।

बंगले के लॉन में जलती आग के समीप बरामदे की छत की आड़ लिए, गोपाल अब भी जागता हुआ हुक्का गुड़गुड़ा रहा था।

'इतनी रात तक इस ठंड में कहां रह गए थे बाबू साहेब?' उसे देखकर खड़े होते हुए उसने आश्चर्य से पूछा।

'यूं ही।' उसने अनिच्छुक होकर उत्तर दिया- 'आईन्दा तुम मेरी प्रतीक्षा नहीं किया करो। इतनी रात गए तुम सो क्यों नहीं गए?'

'आपकी प्रतीक्षा कर रहा था। सोच रहा था कि शायद आप रास्ता भटक गए हैं, चलकर आपको ढूंढूं परन्तु तभी आप आ गए।'

वह कुछ न बोला। कमरे के अंदर चला गया, जहां बैठक में एक ओर आतिशदान के अंदर गोपाल ने आग जला रखी थी। इसके समीप आकर उसने अपने दस्ताने उतारे, ओवरकोट उतारा, फिर शरीर को सेकने लगा। बाहर रहते-रहते ठंड से उसका शरीर जम-सा गया था।

''खाना गर्म करूं बाबू साहेब?' गोपालन ने भी आग के समीप आकर खड़े होते हुए पूछा।

'नहीं।'

'कॉफी बनाऊं?'

'हूं? हां' उसने मानो सपना तोड़ते हुए कहा- 'कॉफी बनाओ, कॉफी पी लूंगा।'

फिर उसने अपने कपड़े बदले। ऊनी गाउन पहनकर वह आतिशदान के समीप ही दीवार से लगी खिड़की से सटकर खड़ा हो गया। उसने पलड़े खोले तो बर्फ-सी चुभती हवाएं कमरे में प्रवेश कर गई। फिर भी वह वहीं खड़ा

रहा। उसने दूर तक दृष्टि की। बाजार की ओर सड़क के किनारे ठंड के कारण यहां के निवासियों ने अलाव जला रखे थे। इनकी बढ़ती तथा घटती लपटें किसी के अरमानों की चिंताओं के समान भभकती दिखाई पड़ रही थी। कुछ पल वह इन्हीं शोलों को देखता रहा। ऐसी ही आग उसके शरीर में भी थी, इसलिए उसने खिड़की बंद कर दी। आरामकुर्सी आतिशदान के समीप खींची और बैठकर सिगरेट पीने लगा।

गोपाल ने उसकी आवश्यकता अनुसार एक मग में कॉफी बनाकर उसे दी। फिर स्वयं भी एक गिलास उठाया। अलाव के समीप बैठ गया और धीरे-धीरे चुस्कियां लेने लगा।

'गोपाल।' एक भूमिका बनाकर उसने नीली के बारे में जानकारी प्राप्त करनी चाही- 'मेरे जाने के बाद यहां कोई नई बात तो नहीं हुई?'

'नई बात?' गोपाल ने उसे आश्चर्य से देखा, 'इस पहाड़ी इलाके में भला नई बात क्या हो सकती है बाबू? केवल यही कि आप चले गए तो यहां दूसरे बाबू चले आए। वह चले गए तो आप यहां चले आए?' गोपाल हंसते-हंसते खांसने लगा।

वह कुछ न बोला। सोचता रहा कि किस प्रकार नीली की बात छेड़े। गोपालन तो निश्चय ही नीली क ेबारे में बहुत कुछ जानता होगा।

'वह बाबू भी विचित्र ही थे।' कुछ देर सुड़-सुड़ कॉफी पीते रहने के बाद गोपाल ने गिलास को एक ओर फर्श पर रखा और बोला, 'यहां पर किसी लड़की से उनका प्रेम हो गया था।'

'प्रेम?'

'हां बाबू।' गोपाल बोला, 'कम-से-कम उनके खोएपन से तो ऐसा ही प्रकट होता था। परन्तु मैं एक नौकर हूं, भला किस प्रकार उनके दिल का हाल पूछने का साहस करता। यदि मेरी पूछताछ झूठ निकल जाती तो मुझे फटकारते, डांटते और जाने क्या-क्या कहते और यदि सत्य निकल जाती तो हम सब यह गवारा करते कि हमारे इलाके की बहू-बेटी की इज्जत पर कोई परदेशी यूं छिपकर डाका डाले?'

वह चुप हो गया। साहस नहीं कर सका कि नीली की बात छेड़े। जब आसानी से दूसरे दिन किसी प्रकार उससे मिलने की आशा बाकी है तो भला गोपाल को अपना राजदां बनाकर क्यों खरता मोल ले? नीली के बारे में पूछने का उसने विचार ही छोड़ दिया। गोपाल को उसने गौर से देखा जो अपने आप

पर टाट का लबादा खींच रहा था।

'बाबू साहेब।' कुछ समय बाद वह अपने आप ही बोला, 'वह बाबूजी भी आप ही के ही समान सुन्दर थे, केवल वह गुण नहीं थे जो आपमें हैं।'

'क्या नाम था उनका?' उसने इच्छा न होते हुए भी पूछ लिया।

'मेहरा बाबू बताते थे अपने आपको। उनके पत्र इसी नाम से आते थे।' गोपाल ने कहा- 'आज ही दिन में तो गए हैं वह।'

कमल का माथा उनका।

'क्या वह अपनी पत्नी के साथ यहां ठहरे थे?' उसकी आंखों में उन दो यात्रियों की तस्वीरें उभर आई जो यहां आते समय उसे बूटी नगर की सीमा पर मिले थे।

'नहीं तो।' गोपाल बोला- 'वह तो बिल्कुल अकेले थे।'

'ओह!' उसने एक गहरी सांस ली। फिर जिनको उसने आज देखा है, वह कौन हो सकते हैं और उसने पूछ ही लिया- 'क्या यहां पर अभी भी कुछ यात्री ठहरे हुए हैं?'

'कुछ अंग्रेज यात्री यहां एक मास से आए हुए हैं। आजकल ही में वे जा रहे हैं।' गोपाल ने कहा, 'सरकार की ओ से वह यहां की मिट्टी परखने आए हैं कि यहां इस मौसम में क्या-क्या उपज उत्पन्न हो सकती है, ताकि यहां के निवासियों को इन दिनों यह इलाका छोड़कर शहर न जाना पड़े।'

वह खामोश ही रहा। दिल बार-बार व्याकुल हो उठता था कि वह नीली के बारे में कुछ तो पूछे, परन्तु इसका साहस नहीं हो सका। उसकी पूछताछ से गोपाल पर जाने क्या प्रभाव पड़े? यहां के निवासियों की दृष्टि में तो वह विवाहित पुरुष है। अखाड़े में खड़े होकर उसने बहादुर नगर की लड़की का हाथ न मांगने के कारण स्वयं ही तो कहा था कि वह पत्नी वाला है। अब यदि वह अपनी सफाई प्रस्तुत करेगा तो यही लोग कहेंगे कि उस दिन अवसर मिलने के पश्चात् भी उसने बूटी नगर के अपमान का बदला बहादुर नगर से नहीं लिया। या फिर सोचेंगे कि अब यह किसी और स्वार्थ के लिए यहां की लड़की की इज्जत लूटना चाहता है। उसे विश्वासघाती समझकर वह लोग उसको जान से मार डालेंगे। उसे धोखेबाज और मक्कार समझेंगे।

खामोशी में ही उसने अपनी अच्छाई तथा भलाई समझी। कॉफी समाप्त की और फिर जाकर पलंग पर लेट गया।

सहसा उसने सुना, कहीं दूर से कुछ कुत्तों के विलाप करने की आवाज

आ रही है। चौंककर वह उठ बैठा। दिल अकारण ही जोर-जोर से धड़कने लगा। जाने किस गरीब पर विपदा बीत रही है? आखिर यह कुत्ते क्यों रो रहे हैं? शायद ठंड के कारण ही ऐसा है। कुत्तों के रोने की आवाज से रात के सन्नाटे में एक तीव्र खौफ छाता जा रहा था।

दूसरे दिन सुबह उठकर उसने हल्का-फुल्हा नाश्ता किया, फिर अपने-आपको भली-भांति गर्म कपड़ों में सुरक्षित करके वह बाहर निकल आया। एक पल चकराया कि नीली की तलाश में वह किस ओर जाए, परन्तु फिर कुछ सोचकर उसने आबादी की ओर अपने पग बढ़ा दिए। वह एक छोटा-सा ऊबड़-खाबड़ मैदान था जिसके चारों ओर बेतरतीबी से छोटी-छोटी टिन तथा लकड़ी की छतों वाली झोपड़ियां बनी हुई थीं। सबसे अच्छी झोंपड़ियां जरा कुछ बड़ी थीं तथा इनके द्वारा लकड़ी के थे। गरीबी को प्रकट करती झोंपड़ियां बिना दरवाजे की थीं। इनके सामने केवल मोटे-मोटे टाट ही पड़े थे। कुछ बड़ी झोंपड़ियों के सामने गाय-भैंसों को बांधने के लिए खूंटे तथा भेड़-बकरियों को सुरक्षित रखने के लिए तार के घेरे भी थे। पशु शायद समीप की घाटियों में चरने गए थे। गांव खाली-खाली था मानो यहां के निवासी इलाके के बाहर चले गए हों। वह सोच ही रहा था कि किस प्रकार नीली के बारे में पूछने के लिए किसी का द्वारा खटखटाए कि तभी एक नीची-सी झोंपड़ी का दरवाजा चरमराया। उसने देखा, एक वृद्धावस्था पुरुष बाहर निकला। उसके सिर के सारे ही बाल सफेद थे। निर्बल इतना था कि झुककर चल रहा था। हाथ में एक लकड़ी जिसे उसने शरीर के साथ आंखों का सहारा भी बना रखा था। वह चौंक पड़ा। उसे याद आया कि नीली का बाबा भी तो अंधा है। नीली के बारे में जानने के लिए उसका दिल तड़प उठा। निश्चय ही यह नीली का घर है, परन्तु वह.... इस समय होगी कहां? कहां होगी नीली? नीली के बारे में जानकारी प्राप्त करने के लिए उसने एक बहाना बनाया। दबे कदमों उस बूढ़े बाबा के पीछे चलते हुए वह उसके समीप हो लिया। ऊबड़ल्खाबड़ रास्ते, स्थान-स्थान पर पत्थरों के टुकड़े, कुछ ही दूर चलकर एक ओर को ढलवान था। पतली-सी पगडण्डी घूमकर जाती थी जिससे सटकर नीचे को एक गहरी खाई थी। इस पर तो उसके लिए आंख खोलकर चलना भी एक साहस का काम था परन्तु वह बाबा बहुत आसानी से टोहता हुआ इस पथ पर उतरने लगा। परन्तु कुछ ही पग बाद बाबा के पग लड़खड़ा गए, शायद वह गिर पड़ता, शायद इस रास्ते का अनुभव होने के कारण वह संभल भी जाता, परन्तु समय

से लाभ उठाकर कमल ने झट उसका हाथ पकड़ लिया।

'अरे बाबा!' जल्दी से बोला वह- 'इधर कहां जा रहे हो? पैर फिसल गया तो सीधे खाई में ही जाओगे!'

बाबा मुस्कराया- उसका हाथ छुड़ाता हुआ अपनी पोपली आवाज में बोला- 'यह तो रोज का धंधा है बेटा। आंखें नहीं हैं तो क्या हुआ? इन्हें प्रतीत तो अच्छी तरह कर ही लेता हूं। यह इलाका, इसका एक-एक पथ, एक-एक पगडण्डी, सब मेरे जाने-पहचाने हैं। पैदा होते ही इन पर फुदकने लगा था।' और फिर वह बाबा बिना उसके सहारे के ही बहुत निश्चिन्त होकर नीचे उतरने लगा।

'अरे बाबा!' कमल भी उसके पीछे-पीछे होकर बोला, 'यह तुम इस ओर कहां जा रहे हो?'

'कुछ लकड़ियां लेने।'

'बिना कुल्हाड़ी के ही?' उसने आश्चर्य से पूछा।

'कुल्हाड़ी हो तो मैं काटूंगा किस प्रकार?' बाबा अपनी लाचारी पर हंस पड़ा- 'वह तो इस समय वहां जंगल में कुछ लोग लकड़ियां काट रहे होंगे। बस उन्हीं से मांग लूंगा। ठण्ड आजकल इतनी है कि बिना अलाव के काम ही नहीं चलता।'

'लेकिन बाबा, क्या तुम्हारा अपना कोई भी नहीं जो इस अवस्था में तुम यूं इतनी दूर लकड़ी मांगने जाते हो?'

बाबा के पग लड़खड़ा गए। एक पल के लिए वह खो गया, मुखड़े पर गहरी उदासी का अंधकार छा गया।

कमल ने देखा तीर निशाने पर बैठा है। उसके स्वयं के दिल में एक परेशान धड़कन थी जिसका हल वह जल्दी-से जल्दी ही निकाल लेना चाहता था।

'क्य बात है बाबा?' उसने झट पूछा- 'तुम अचानक ही इतने उदास क्यों हो गए? तबियत तो ठीक है ना?'

बाबा और भी गंभीर हो गया। वहीं एक पत्थर पर वह बैठ गया। उसके होंठों पर एक आह आकर स्थिर हो गई थी।

'बाबा मुझे बताओगे नहीं कि क्या बात है।' वह भी वहीं उसके समीप ही बैठ गया और बोला- 'शायद में तुम्हारे कोई काम आ सकूं।'

'बेटा।' बाबा ने चिन्तित होकर कहा- 'कल सुबह से मेरी बच्ची अभी

तक नहीं लौटी।'

'कल से?' उसने आश्चर्य से पूछा। दिल को एक शांति-सी मिली और चोट भी पहुंची। शांति इसलिए कि वह अभी तक जीवित है, उसकी प्रतीक्षा कर रही है और चोट इसलिए पहुंची कि नीली आखिर कल से अब तक लौटी क्यों नहीं? 'क्या नाम है उसका?' उसने पूछा।

'नीली।' बाबा बोली फिर उसने एक गहरी सांस ली, 'वह इस इलाके की सबसे सुन्दर लड़की है, बहुत ही अधिक सुन्दर, बिल्कुल अपनी मां के समान। उसकी मां का ही मैं बाबा हूं परन्तु उसके मर जाने के बाद नीली भी बचपन से मुझे ही बाबा कहती आई है।'

बाबा चुप हो गया। कुछ सेच रहा था। उसकी ज्योतिहीन आंखें भीग चली थीं।

वह बहुत व्याकुलता से उसके होंठों के खुलने की प्रतीक्षा करता रहा। जानता था कि बाबा कुछ कहने वाला है।

'बेटा।' बाबा फिर बोला- 'क्या तुम मेरी बेटी को ढूंढकर नहीं ला सकते? उसके बिना मेरा जी बहुत परेशान हो गया है। कल दिन भर मैं तो यहां नहीं था। सुबह होते ही उसके रिश्ते की बात करने एक-दूसरे इलाके चला गया था। जब आधी रात को वापस आया तो वह लौटी ही नहीं थी। आंखों में ज्योति बाकी नहीं रही, रात के समय में कहां-कहां उसे ढूंढता फिरता? पड़ोसियों से सहायता मांगूं तो वह उसका उपहास उड़ाएंगे।'

'ऐसा क्यों?' उसने चिन्ति होकर पूछा।

'उन्हें नीली के चरित्र पर संदेह होने लगा है।' बाबा दुःख से बोला- 'परन्तु बेटा मैं जानता हूं वास्तविकता क्या है।'

कमल का दिल जोर से धड़का। फिर भी उसने कुछ न पूछा।

'कुछ दिनों पहले, लगभग छः महीने पहले, यहां एक बाबू आए थे।' बाबा ने कुछ पल याद बाद फिर एक आह भरी, 'सुना है वह बहुत बांका शहरी था। शायद इसलिए उसने मेले से बूटी नगर का दिल जीतने के साथ-साथ मेरी भोली-भाली बच्ची का भी दिल जीत लिया था। अपनी मीठी बातों में बहला-फुसलाकर उस आवारा शैतान ने मेरी नन्हीं-सी बिटिया का जीवन नष्ट कर दिया, यहां तक कि अपनी वासना पूरी करने के लिए उसने मेरी बेटी को झूठी तसल्ली देते हुए उससे विवाह भी कर लिया। कम्बख्त- मेरे हाथों पड़ जाए तो उसकी बोटी-बोटी काटकर चील-कौवों को खिला दूं।'

कमल कांप गया। उसने अपने चारों ओर देखा। कोई भी नहीं था जो उसे पहचानकर बाबा को उसका परिचय देता। कुछ दूर पर केवल चंद भेड़-बकरियां ही ढलवानी मैदान में घास चर रही थीं।

'जब मैं अपनी बेटी की मान-मर्यादा की सुरक्षा के लिए यहां के लोगों को बताता हूं कि उसका विवाह उसी शहरी बाबू से हुआ है, तो ये लोग मेरा मजाक उड़ाते हैं। मुझसे कहते है कि क्यों अपनी बेटी का कलंक छिपाने के लिए दूसरी शरीफ आदमी पर कीचड़ उछालते हो? उन्होंने तो अखाड़े में पूरे दर्शकों के सामने ही कहा था कि वह विवाहित हैं। यदि नीली में उन्हें जरा भी रुचि होती तो क्या वह उसी दिन ही उसका हाथ नहीं मांग लेते? ये लोग भी ठीक ही कहते हैं, परन्तु मैं भी यह सोचे बिना नहीं रह सकात कि उसने यह बातें केवल इसलिए कही थी ताकि नीली और उसके प्रेम पर कोई संदेह न कर सके, साथ ही वह निर्दोष बनकर नीली का जीवन भी बर्बाद करता फिरे। कितना चालाक आदमी था वह?'

कमल कुछ न बोला। अपनी वास्तविकता से वह भली-भांति परिचित था इसलिए कहता भी क्या? अपने आपको कोसकर रह गया। उसकी एक भूल से कितने सारे लोग दुखी है। मानव जाति से उन्होंने कितना बड़ा अन्याय किया।

'मेरी भोली-भाली बच्चों उस धोखेबाज की बातों पर विश्वास करके रोजाना ही शाम को बूटी नगर की सीमा पर खड़ी बहुत देर तक उसकी प्रतीक्षा किया करती थी। इधर कई दिनों से उसका स्वास्थ्य गिर गया है, वह बीमार-सी रहने लगी है, इसलिए मैंने उसे इतनी दूर जाने को मना कर दिया। फिर ाी वह नित शाम ही झील पर चली जाती है। रात-रात भर अपने धोखेबाज प्रेमी की प्रतीक्षा में आंसू बहाती रहती हैं।' बाबा की आंखों से आंसू निकालकर गालों पर बहने लगे 'मेरे बार-बार पूछने पर भी उसने कभी अपनी जुबान नहीं खोली। परन्तु बेटा, मैंने संसार देखा है। मैंने देखा है कि परदेशी लोग यहां की भोली-भाली लड़कियों को शहर के सुनहरे सपने दिखाकर अपना मन बहलाने के बाद यहां से चले जाते हैं तो यह लड़कियां किस प्रकार फूट-फूटकर रोती हैं, किस पकार निराश होकर अपनी जानें गंवा देती हैं। झील में छलांग लगाकर एक बेवफा के नाम सती हो जाती है। भला फिर नीली की खामोशी को मैं नहीं पहचानता? उसका प्यार तो मेरे रोम-रोम में बसा हुआ है। यद्यपि मैं अपने अंधेपन के कारण उसके आंसू नहीं देख सकता, परन्तु उसकी आहें तो सुन ही सकता हूं, उसकी सिसकियां तो पहचान ही सकता हूं और आखिर एक

दिन जब मैंने उसे अपने बुढ़ापे का वास्ता दिया तो उसने अपना भेद मेरे आगे खोल ही दिया। मैं चुप हो गया। उस भोली-भाली लड़की से कहता भी क्या? मैं जानता था कि इस प्रकार का झूठा प्रेम तो शहरी हमारे इलाके की सुन्दर लड़कियों से सदियों से करते चले आ रहे हैं। फिर भी कुछ देर बाद जब उसका दु:ख मुझसे नहीं सहन हो सका तो मैंने उसे तसल्ली दी- झूठी तसल्ली ताकि वह जीवित रहे। इसी बीच मैंने बहुत प्रयत्न किया कि मैं किसी से उसका विवाह कर दूं परन्तु उसे देखते ही लोग समझ लेते हैं कि वह मां बनने वाली है। फिर कोई उसका हाथ थामना उचित नहीं समझता। उल्टा उसे ही सब कुलटा और कलंकिनी कहते हैं।'

बाबा ने एक गहरी सांस ली। अपनी उंगलियों द्वारा उसने अपने गाल पर बहे आंसुओं को पोंछा और बात जारी रखी, 'मेरे पास आकर वह बहुत रोती है। मेरी छाती पर सिर रखकर रोते-रोते उसकी आंखें सूज जाती है। आंखों के नीलेपन में सुर्खी आ जाती है। उसकी तड़प देखकर मेरा दिल फट जाता है। प्यार से उसके सिर पर हाथ रखकर उसे समझाते-समझाते मैं स्वयं रो पड़ता हूं। उसे तसल्ली देता हूं तो स्वयं तड़पने लगात हूं। मुझसे उसका दु:ख देख नहीं जाता। इसीलिए तो मैं उसे लकड़ियां लाने के लिए जंगल भी नहीं भेजता। जाने कौन कोई क्या बात कह दे और वह तड़प उठे। दु:ख सहन न कर सके और झील में छलांग लगा दे। बाबू, अभी चंद दिनों पहले यहां एक लड़की ने आत्महत्या कर ली थी। वह बेचारी भी नीली के समान ही एक परदेसी के चंगुल में फंसकर मां बनी इधर-उधर भटक रही थी। आखिर कब तक एक झूठी शांति का सहारा लिए उसकी प्रतीक्षा करती? उसकी मृत्यु से मेरा दिल भी कांप गया था। इसीलिए डरता हूं बाबू की कहीं एक दिन नीली भी...!'

बाबाब अपने आप ही चुप हो गया। जाने किन भयानक विचारों में वह डूबा हुआ था? वह बहुत खामोशी से धड़कते दिल के साथ बाबा के मुखड़े पर छायो उतार-चढ़ाव को देखता रहा फिर भी उसके दिल को एक आशा थी- नीली जीवित है, और अब वह जल्दी ही उसे अपना बनाकर इस बाबा की चिन्ता को दूर कर देगा। परन्तु एकदम ही बिना नीली से भेंट किए अपना पूरा परिचय देना उसने उचित नहीं समझा। नीली कल सुबह से वापस नहीं आई। जाने क्या बात हो? जाने क्या बात? समीप ही पास में उसने एक डंठल तोड़ी और दांतों के बीच दबाकर अपनी व्याकुलता पर काबू करने का प्रयत्न करने लगा।

'अभी कुछ मास पहले यहां एक-दूसरे शहरी बाबू आये थे।' उस बाबा ने फिर कहना आरंभ किया। सारी कथा सुनाने में शायद वह अपने दिल का बोझ हल्का होता प्रतीत कर रहा था।

'वह शहरी बाबू भी नीली को चाहने लगे थे। उसका प्यार वास्तव में निःस्वार्थ था। नीली के बारे में सब-कुछ जानने के पश्चात् भी वह उसे बहुत प्यार करते थे। उनके दिल में कोई छल, कपट नहीं थी। वह उसकी नाव पर घूमते, उसे तसल्ली देते, समाज की ऊंच-नीच बातें समझाते, परन्तु नीली के दिल पर उस आवारा और पापी आदमी का जाने कैसा जादू छाया हुआ था कि वह उस पर से अपना विश्वास कभी हटा न सकी।' बूढ़े बाबा ने अपनी टांगों को फैला लिया और पीठ के पीछे एक बड़े पत्थर पर टेककर यूं बैठ गया मानो अब वह उसे सारी घटना सुनाकर ही दम लेगा, 'एक दिन वह बाबू नीली का पीछा करते-करते मेरे घर तक चले आए। नीली के चले जाने के बाद उन्होंने अंदर पग रखा और मेरे पास आकर बैठ गए। समाज की ऊंच-नीच बातें समझकर उन्होंने नीली का हाथ मांगा तो मेरा मन चाहा कि इस देवता के चरण छू लूं। उनके जाने के बाद जब मैंने उस भले परदेशी के विचार नीली के सामने रखे तो वह इंकार कर गई। मैंने उसे समझाया कि हमारे समाज में वह कभी भी सिद्ध नहीं कर सकेगी कि उसका विवाह हो चुका है। ऐसा तो यहां पर इस प्रकार की घटना होने के बाद सभी लड़कियां कहा करती हैं। जब बच्चा खड़ा होगा तो लोग उसके पिता का नाम पूछेंगे। उसको अपने समाज में स्थान देने से पहले उसका रक्त परखेंगे, फिर वह बच्चा बड़ा होकर अपनी मां से घृणा करने लगेगा। तब वह कहीं की भी नहीं रहेगी। यदि वह चाहती है कि बच्चा बड़ा हो, अपने पति के प्रेम के कारण वह वास्तव में उसका पालन-पोषण करना चाहती है, तो उसका कर्तव्य है कि वह जीने के लिए एक सहारा तलाश करे और यह सहारा उसे केवल उसी बाबू से मिल सकता है जो उससे निःस्वार्थ प्रेम करता है। ऐसी स्थिति में भी जो उसका हाथ थामकर उसे अपने घर की शोभा बनाना चाहता है। उसके घर की लक्ष्मी बनकर वह बहुत आसानी से अपने प्रेम की निशानी की सुरक्षा कर सकती है। उसे पढ़ा-लिखकर वह समाज में एक ऊंचा स्थान दे सकती है, यह संसार बहुत कठोर है, यूं अकेले किसी अबला को कभी नहीं जीने देता। परन्तु बाबू, मेरी इन बातों का नीली पर कोई प्रभाव नहीं पड़ा। उल्टा उसे उस बाबू से घृणा हो गई। उसने उसे अपनी नाव में ही सैर कराना छोड़ दिया। बची-खुची आमदनी

का द्वारा भी हमारे लिए बंद हो गया, परन्तु नीली अपनी ही जिद्द पर अड़ी रही, जाने कौन-सी ऐसी बात थी जो वह अपने बाबू के विचारों से कभी भी मुक्ति नहीं पाना चाहती थी।'

बाबा कुछ पल के लिए फिर खामोश हो गया। उसकी गहरी-गहरी सांसों से आहें टपक रही थीं। अपने तन पर चढ़े लबादे को उसने गर्दन तक खींचा और अजीवित दृष्टि से वातावरण को घूरने लगा।

'अभी सप्ताह भर पहले अचानक ही वह बाबू मेरी झोंपड़ी में आ पहुंचे।' बाबा ने फिर कहना आरंभ किया, 'तब नीली भी वहीं थी। मैं उन्हीं के बारे में उसे समझा रहा था। नीली उन्हें देखकर मुझे बताते हुए जाने लगी तो मैंने उसका हाथ पकड़ लिया। उसे अपने समीप ही बिठा लिया। उन बाबू को अपने टाट पर बैठने को कहा परन्तु वह खड़े ही रहे। उस दिन वह बाबू बहुत उदास थे। उनकी बातों में भीगापन था। ऐसा प्रतीत होता था मानो नीली का दिल नहीं जीत सकने के कारण उनको गहरी चोट पहुंची है।'

'नीली।' उन्होंने बहुत उदास स्वर में कहा था, 'मैं कल सुबह ही यहां से जा रहा हूं। रुकने को और रुक जाता, परन्तु किस आशा पर रुकूं? एक मास के लिए आया था और तीन मास रुक गया, परन्तु कोई लाभ नहीं हुआ। चाहता था कि तुम मेरी बातों को ध्यान से सोचो। ऐसा अवसर बार-बार नहीं आता। प्यार करने वाला जीवन में केवल एक ही बार मिलता है, मेरे साथ चलो, मेरे पास सब-कुछ है- नौकर-चाकर, घर, जीवन का सारा सुख-निःस्वार्थ समाज। मेरी बूढ़ी मां तुम्हें पाकर बहुत खुश होगी। आखिर तुम्हीं सोचो, यदि मुझे प्यार नहीं होता तो क्या मैं किसी भी कुंवारी लड़की से विवाह नहीं कर सकता था? मुझे तुमसे पूरी सहानुभूति है। नहीं कर सकता हूं कि तुम्हारे होने वाले निर्दोष बच्चे पर कोई उंगली उठाए। आखिर कब तक तुम अपने बाबाू की याद का सहारा लेकर यूं ही घुलती रहोगी? अपने साथ तुम एक नन्ही-सी जान पर भी जुल्म कर रही हो। यह एक बहुत बड़ा पाप है। नीली, अब भी समय है, कुछ भी तुम्हारा बड़ा पाप है। नीली, अब भी समय है, कुछ भी तुम्हारा नहीं बिगड़ा। मेरा विश्वास करो, मैं इस घाव को सदा के लिए भर दूंगा कि यह बच्चा मेरा है। मैंने ही छिपकर तुमसे यहां विवाह कर लिया था। उस धोखेबाज को भूल जाओ, जिसने सारे ही शहरियों का तुम जैसे भोले-भाले लोगों पर से विश्वास उठाने का प्रयत्न किया है। वह एक आवारा आदमी था जिसने अपनी चालों द्वारा तुम्हें बहला-फुसलाकर अपनी वासना का खिलौना बना लिया, वह

कमीना और नीच आदमी कभी तुम्हारे योग्य नहीं था... उस पापी ने...।'

'वह बाबू अभी कह ही रहे थे कि नीली क्रोध में खड़ी हो गई। उसने उनके गाल पर एक ऐसा जोरदार थप्पड़ मारा कि वह चौंक पड़े। आवाज हलक में ही घुटकर रह गई। उनकी आंखें भी शायद छलक आई थीं। वह कुछ नहीं बोले। नीली भी तड़पकर मुझसे लिपट गई थी। फूट-फूटकर से पड़ी थी वह। मैं चुप रह गया। कहता भी क्या? केवल उसके सिर पर अपनी हथेली फेरता रहा। नीली पर बाबू ने जाने क्या ऐसा जादू कर दिया था कि वह अपने मन में किसी और का विचार तक लाना पाप समझती थी।' बाबा ने एक गहरी सांस ली फिर बोला, 'वह बाबू चले गए। जाते समय उन्होंने कहा था, 'नीली, मुझे दुःख है कि मेरी बातों से तुम्हारे दिल को चोट पहुंची। मुझे क्षमा कर देना।' और फिर वह बाबू चले गए। उनकी भर्राई आवाज से मैं भली-भांति उनके दिल के दर्द का अनुमान लगा सकता था। उनके जाने के बाद झोंपड़ी में केवल मैं और नीली ही रह गए और कोई भी नहीं था। वह हिचकियां ले-लेकर रो रही थी और उसकी सांसें मेरे दिल में सुई के समान चुभती रही। मैं स्वयं भी रो पड़ा। किस प्रकार अपने जिगर के टुकड़े को संभालता? ईश्वर उस धोखेबाज परदेसी को कभी क्षमा नहीं करेगा- कभी नहीं। भगवान करे! वह ऐसे स्थान पर तड़प-तड़पकर मरे जहां पर उसे कोई एक बूंद पानी भी देने वाला नहीं हो।'

बाबा रो रहा था, सिसक रहा था, तड़प रहा था। कुछ देर बाद जब उसके पास कुछ भी कहने को नहीं रहा तो उसने अपने घुटनों को समेटा और उठने से पहले ज्योतिहीन आंखों से दूर ढलवान की ओर देखने लगा। परन्तु कुछ विचार करके उसने फिर कहा, 'मुझे ऐसा लगता है कि वह बाबू अभी तक यहीं ठहरे हुए हैं। अभी तीन दिन पहले ही नीली ने मुझे बताया था कि वह बाबू अभी तक यहां से नहीं गया। झील किनारे बैठकर वह उसे दूर ही उसे उस समय तक देखता रहता है जब तक वह अपने धोखेबाज की वहां प्रतीक्षा करती रहती है। शायद उस बेचारे को अब भी नीली की विवशता से आशा लगी है। काश! भगवान नीली के दिल को समझकर उसे बेचारे की मनोकामना पूरी कर दे। वह वास्तव में बहुत नेक आदमी है। ऐसा देवता हमने तो आज तक कहीं नहीं पाया। मैंने दोबारा नीली को समझाया कि उसके जाने से पहले उसका हाथ थाम ले वरना यह जीवन कटना कठिन हो जाएगा। अपने बच्चे को जन्म देने के बाद अपने शरीर की भी रक्षा करना उसके लिए असंभव हो

जाएगा। मेरा क्या है, मैं तो एक पका हुआ फल हूं, कभी भी डाल से टूटकर समाप्त हो सकता हूं। फिर मेरे बाद उसे कौन सहारा देगा? उसे समझाने पर मैंने प्रतीत किया था कि वह कुछ सोच रही है। उसने कोई विरोध नहीं किया। मेरी बातों से सहमत भी नहीं हुई, परन्तु उसके भविष्य ने शायद अवश्य ही उसे एक चेतावनी दे दी थी। परन्तु बाबू।' बाबा बहुत निराश स्वर में बोला, 'परसों रात में जब वह बहुत देर से लौटी तो कहने लगी कि शायद वह बाबू अपने शहर चला गया है, क्योंकि आज शाम बहुत देर होने के बाद भी वह झील पर नहीं आया। मेरे दिल को सख्त धक्का लगा। रही-सही आशा भी टूट गई परन्तु मैं कुछ बोला नहीं। नीली की बातों से प्रकट हो रहा था कि वह उस बाबू के चले जाने से कुछ चिन्तित-सी है। फिर भी उसके साथ न जाकर वह जरा भी नहीं पछताई, केवल एक इच्छा प्रकट की कि यदि एक बार और उससे उसकी भेंट हो जाती तो वह उसे निश्चय ही क्षमा कर देता। उसके गाल पर उसने एक थप्पड़ जो मारा था।

कल सुबह नीली को छोड़कर मैं दूसरे इलाके चला गया। नीली को बता दिया कि मैं उसका रिश्ता ढूंढने जा रहा हूं। अब उसकी एक भी नहीं सुनूंगा। उसका विवाह करके ही रहूंगा। उसे बता दिया था कि यहां से दस कोस पर फूलपुर गांव में एक बूढ़ा रहता है। पन्द्रह-बीस भेड़ें हैं, दस गाय, दस भैंस तथा कुछ बकरियां भी हैं। बारह बच्चों का बाप है वह और हाल ही में उसकी पत्नी की मृत्यु हुई है। शायद वह नीली से इस अवस्था में भी विवाह करने पर तैयार हो जाए। कम-से-कम उसके माथे पर से यह कलंक का दाग तो मिट जाएगा। मैंने प्रतीत किया था कि नीली चिन्तित है। कुछ सोच रही है। एक बार तो मैं डर गया था कि कहीं मेरे जाने के बाद वह आत्महत्या न कर बैठे, परन्तु मेरे दिल का भय भात करके वह शायद मुस्करा दी थी, उसने मुझे आश्वासन दे दिया था कि मैं जो भी निर्णय उसके प्रति करूंगा वह उसका पूरा सम्मान करेगी। मैंने उसे गले से लगा लिया था। उसे आशीर्वाद दिया था। परन्तु बाबू कल रात वह नहीं आई तो मेरी चिन्ता बढ़ रही है। परन्तु विश्वास है वह अपने बाबा को इतनी आसानी से नहीं छोड़ेगी। शायद आज वह वापस आ जाए। बेचारी जाएगी भी कहां? इस इलाके में तो वह स्वयं भी लाज के मारे किसी से नहीं मिलती। सुना है उसकी प्रिय सहेली बसन्ती घर आई हुई है। हो सकता है कल रात मेरे न आने की आशा में वह उसी के पास रह गई हो।'

वह चुप हो गया। जाने कितन विचारों में उसका मस्तिष्क लीन था।

कमल भी वहीं बैठा रहा- बिल्कुल खामोश। नीली के प्रति हजारों विचार एक के बाद एक उसके मन को झिंझोड़ते चले गए। कई प्रकार की शंकाएं उभरी। नीली के बारे में वह कोई निश्चित बात नहीं सोच सका। वह आदमी, वह जो उसे बूटी नगर की सीमा पर एक लड़की के साथ जाता मिला था, वह कौन था? कहीं नीली उसके साथ तो नहीं चली गई? परन्तु नहीं, वह तो कोई शहरी लड़की जान पड़ती थी। उसकी धर्मपत्नी होगी। नीली का यह दूसरा प्रेमी तो कल नहीं परसों गया है, जब ही न वह परसों शाम झील पर नीली से मिलने नहीं गया था। कल का जोड़ा तो कोई और ही होगा। यहां से तो लोग इस मौसम में केवल जाते ही रहते हैं। नीली को यदि उसके साथ जाना होता तो अपनी बदनामी होने से पहले ही वह यहां से चली जाती। परन्तु वह उसके समान बेवफा नहीं है। वह अपनी जान दे देगी परन्तु शरीर पर किसी पराए पुरुष का हाथ भी नहीं लगने देगी। वह उसे प्यार करती है, उसे चाहती है। वह उसकी प्रतीक्षा कर रही है। आज यदि वह अपनी सहेली के घर रुक गई है तो निश्चय ही शाम को झील पर आएगी। घंटों उसकी प्रतीक्षा करेगी, परन्तु अब वह उसे नहीं सताएगा। उसके आते ही वह उसे अपनी छाती से लगा लेगा। उसे चूमेगा, उस पर अपनी मजबूरी प्रकट करेगा, फिर उससे क्षमा मांगेगा। वह निश्चय ही उसे क्षमा कर देगी। उसकी बांहों में आकर सिस पड़ेगी, फिर रो भी पड़ेगी, उसके ठहरे हुए आंसू खुशी का सागर बनकर उसके गालों पर बह निकलेंगे। वह इन आंसुओं को अपनी छाती में सुरक्षित रखकर इनका मूल्य अपने वास्तविक प्रेम से अदा करेगा। उसे सदा-सदा के लिए अपना बनाकर यहां से शहर ले जाएगा। फिर उसका यह उलझा-उलझा जीवन गंगा की धारा के समान पवित्र बनकर केवल एक ही ओर बहने लगेगा। वह एक नया जीवन आरंभ करेगा- नया, निश्चिन्त तथा खुशियों से भरा हुआ जीवन।

कई बार सूर्य बादलों के टुकड़े हटाकर सामने प्रकट हुआ परन्तु हवाओं में ठंडक के अतिरिक्त कुछ भीगापन भी था। ऐसा जान पड़ता था मानो कीहं दूर के पहाड़ी इलाके में वर्षा हो रही है।

और फिर जब कमल ने अचानक ही दूर एक गहराई से कुछ पहाड़ियों को अपने कंधे तथा सिर पर लकड़ी के बड़े-बड़े गट्ठर रखकर अपनी ओर ऊपर चढ़ते हुए देखा तो कांप गया। शायद इनमें से सभी पहाड़ी उसे पहचान

लें। फिर हो सकता है कि नीली पर दोष लगाने के लिए वे उसकी झूठी सफाई की मांग करें। बात उलझकर बतंगड़ भी बन सकती थी। उसके झूठ कहने पर इस बाबा से उसका झगड़ा होगा। सच कहने पर यह पहाड़ी उसे जीवित ही मार डालेंगे। वह उठ खड़ा हुआ।

'अच्छा बाबा, मैं चलूं।' अपनी पैंटर पर लगी मिट्टी को झाड़ते हुए उसने कहा, 'यदि मैं शाम को झील पर गया तो तुम्हारी लड़की को तुम्हारे पास तुरंत ही भेज दूंगा।'

'बेटा।' बाबा भी खड़ा हो गया, 'तुमने बताया नहीं कि तुम कौन हो?'

'मैं?' वह कांप गया, परन्तु फिर जल्दी ही स्वयं को संभालकर बोला, 'मैं एक यात्री हूं बाबा, कल ही शाम को आया हूं।'

'उन अंग्रेज आदमियों के साथ जो यहां...।'

'नहीं बाबा।' वह बोला, 'मैं अकेला ही वहां आया हूं।'

'इस मौसम में तुम कैसे वहां चले आए?' बाबा ने आश्चर्य से पूछा, 'अब तो यहां से चले जाने का वातावरण आरंभ हो चुका है।'

'यूं ही कुछ काम पड़ गया था बाबा, इसीलिए आना पड़ा। उसने एक गहरी सांस ली, 'फिर मिलूंगा तो बताऊंगा कि यहां किसलिए आया था। अभी मुझे कुछ आवश्यक काम है, इसलिए चल रहा हूं।' वह सामने पअनी ओर आने वाली चढ़ाई पर चढ़ते हुए पहाड़ियों को दोबारा देख रहा था और फिर जल्दी-जल्दी वहां से हटकर दूसरे रास्ते झील की ओर हो लिया।

वह बूढ़ा भी लड़खड़ाता हुआ पथ पर बढ़ने लगा। परन्तु तभी दुःख से भरे दिल को संभालते-संभालते वह अपने शरीर का संतुलन खो बैठा। उसका एक पग, गोल पत्थर से टकराया तो कमल के कान खड़े हो गए। चंद कदम ही वह बढ़ा था कि रुक गया। पलटकर देख तो बाबा का शरीर भी उस पत्थर के पीछे-पीछे लुढ़कता-उछलता दूर ढलवान की गरहाई तक चला जा रहा था। वह लपककर किनारे आया। बाबा का शरीर एक चट्टान के टुकड़े से टकराकर शव के समान अचेत हो चुका था। रक्त की धारियां दूर से भी स्पष्ट दिखाई पड़ रही थीं। उसके दिल को एक सख्त चोट लगी। परन्तु तभी भाग्य ने धीरे-से आकर उसे समझाया। अब उसकी वास्तविकात को कुरेदने वाला कोई नहीं। शाम को नीली से मिलकर वह आज रात ही या कल सुबह ही लड़के यहां से चुपचाप चला जाएगा। यदि नीली उसे लेकर अपने बाबा के पास आशीर्वाद के लिए आती तो निश्चय ही वह बूढ़ा अपने ऊपर से कलंक मिटाने

के लिए सारे पहाड़ियाँ के समक्ष उसके मुंह से वास्तविकता उगलवाता फिरता। फिर इन पहाड़ियों पर इसका प्रभाव कुछ भी पड़ सकात था। एक बार स्वयं को विवाहित बताया, अब नीली को ले जाने के लिए कुछ और कह रहा है- जाने क्या-क्या बातें फंस सकती थीं? अब वह हर दोष से स्वतंत्र है।

उसने देखा, पहाड़ी लोग अपना गट्ठर फेंक-फेंककर बाबा की ओर दौड़ पड़े थे। आकाश पर गिद्ध और कौवों का समूह बढ़ता जा रहा था। बादल घिरे-घिरे से थे मानो एक दुखिया के आंसुओं के समान बरसकर यह आकाश को गर्द की छाया से मुक्त कर देना चाहते हों, बिल्कुल इस बूढ़े बाबा की आत्मा के समान जो शरीर को मुक्त करके सदा के लिए दूसरे लोक में सिधार गई थी।

दिन भर वह मारा-मारा फिरता रहा। इलाके के दूसरे भागों में भी वह पहुंचा। वह बसन्ती के घर भी जाना चाहता था परन्तु किसी से उसके बारे में पूछने का वह कोई साहस नहीं बटोर सका। एक विवाहिता स्त्री से उसका संबंध ही क्या? यह छोटे दिल के अशिक्षित लोग तो झट बात का बतंगड़ बना लेते हैं। उसके प्रति जाने क्या धारणा ले बैठें? एक-एक पल काटना उसके लिए कठिन हो रहा था, फिर भी वह इधर-उधर भटकता रहा, हर आने-जाने वाले पर अपनी दृष्टि दौड़ाता रहा, एक-एक लड़की को देखकर पहचानता रहा। लोग क्रमशः उसे देखकर हंस देते, उसके स्वागत में मुस्करा भी देते रहे। उसे सलाम करके वह अपने रास्ते ही लेते थे। यहां के लोगों के दिल में उसके प्रति कितनी श्रद्धा थी। परन्तु उसे कहीं भी अपने दिल की गहराई का चिन्ह नहीं प्राप्त हुआ। फिर भी उसके मन के अंदर एक आशा थी, इस आशा का एक ठोस कारण था- नीली निश्चय ही शाम ढले झील पर पहुंचेगी। उसकी प्रतीक्षा करेगी। उससे मिलेगी और तब? इस विचार से उसके दुखते मन में गुदगुदी उत्पन्न हो उठती। उदास होते हुए भी उसके होंठ मुस्करा देते। वह भटकते-भटकते भी एक पल के लिए रुककर थोड़ी सांस लेने लगता। उसके इस अंदाज में कितनी सारी इच्छाएं छिपी थीं। कितनी सारी इच्छाएं।

शाम ढलने से पहले ही वह झील के किनारे पहुंचा। दिन का उजाला अभी शेष था, इसलिए एक-दो मांझी अपने-अपने शिकारे लिए बचे-खुचे यात्रियों की आशा में इधर-उधर दृष्टि दौड़ा रहे थे। उसे देखते ही वह लपककर उसके समीप पहुंचे। उसे पहचानकर उन्होंने बहुत आदर से उसे सलाम भी किया और उससे इंकार पर वह अपने-अपने कामों में भी लग गए

तो वह झील के किनारे ही किनारे टहलता हुआ दूर तक निकल गया। उसे समय बिताना था और समय बिताकर जब वह वापस लौटा तो बची-खुची शाम की धुंध लुप्त हो रही थी। कोहरा छा गया था। यह कोहरा पिछले दिन से कुछ अधिक ही घना था इसलिए झील सुनसान पड़ी हुई थी। मांझी अपने-अपने घरों को लौट गए थे। वह वहीं एक पत्थर पर बैठ गया और नीली की प्रतीक्षा करने लगा। समय बीतता गया और नीली की प्रतीक्षा करने लगा। समय बीतता गया और काफी देर बाद भी जब नीली के आने की आशा जाती रही तो उसके दिल की धड़कनें तेज हो उठीं। समय के साथ कोहरा छंटने लगा और चन्द्रमा ऊपर उभर आया। इसके झाग में हर लुप्त हुई वस्तु स्पष्ट होती गई। दूर-दूर तक का दृश्य अब सुनहरा दिखाई पड़ रहा था। परन्तु हर वस्तु उदास थी, कल ही के समान खोई हुई थी, मानो किसी की प्रतीक्षा कर रही हो। सामने लगे नीली के शिकारे को उसने अकेला किनारे पड़ा देखा तो उसका दिल भर आया। निराशा ने उसकी छाती पर एक सख्त घूंसा मारा तो दर्द से उसकी आंखें छलक आई। वह पागल-सा हो उठा। नीली-नीली कहां चली गई? नीली आज क्यों नहीं आई? नीली के बारे में उसने हवाओं के एक-एक बहाव से पूछा, किनारों से उसका पता मांगा, खामोश झील के समतल पानी से नीली का ठिकाना चाहा, नीली के शिकारे के आगे आकर वह गिड़गिड़ाया, खुले आकाश में चन्द्रमा के समझ वह रोया किन्तु उसे कहीं से भी कोई उत्तर नहीं मिला। हर चप्पे से उसकी आशा, निराशा बनकर लौट आई। उसकी चीख पहाड़ों की सख्त छातियों से टकराकर गूंजती हुई वापस पलट आई। हर वस्तु उसकी नाकामी पर आंसू बहा रही थी।

एक पल को उसने सोचा कि चलकर उस पार पहाड़ों की गोद में भी नीली को ढूंढे, परन्तु उसकी नाव तो इसी पार है, फिर भला वह उधर कैसे जाएगी? हो सकता है अपनी नाव को मनहूस समझकर वह किसी और की ही नाव ले गई हो। एक पल को उसका यह भी मन हुआ कि वह तुरंत बस्ती पहुंचकर निवासियों के सामने अपने प्यार का इकरार कर ले। फिर बसन्ती का पता पूछकर वह नीली से मिल सकता है। शायद नीली उसी के पास हो। परन्तु तभी एक और विचार से वह चौंक पड़ा। उसके दिल में सख्त दर्द उठा। तड़पकर वह रह गया। यह... वह जोड़ा जो उसे बूटी नगर की सीमा पर मिला था, वह कौन हो सकता है? वे लोग कौन थे? उस जवान के साथ वह लड़की कौन हो सकती है? गोपाल ने बताया था कि कल सुबह ही वह बाबू डाक

बंगले से अपने शहर वापस गया है। उसने यह भी बताया था कि वह अकेला ही यहां आया था और उसने यह भी तो कहा था कि उसे इलाके की किसी लड़की से प्रेम हो गया था। वह...वह...वह कहीं उसकी नीली को तो... उसकी नीली को तो नहीं ले गया है। बाबा ने भी तो कहा था कि नीली का कल सुबह ही से पता नहीं है। बाबा ने यह भी कहा था कि एक दिन पहले नील को उसकी चिन्ता भी होने लगी थी। नीली- वह सोचते-सोचते हांफने लगा। उसकी सांसें तेज-तेज चलने लगी। नीली के बिछुड़ने के भय से इस ठंड में भी उसके मस्तक पर नन्हीं-नन्हीं बूंदें उभर आई। नीली, उसके होंठ कांपे, नीली- वह जोर से चीख पड़ा। उसकी चीख वातावरण में बिखरकर दूर तक फैल गई, फिर गूंजकर तीर के समान उसके कानों में वापस भी लौट आई। नीली-नीली-नीली और उसने चाहा कि यह लपककर वापस दौड़े, स्टेशन पहुंचे, यहां से किसी जवान जोड़े के लौटने का ठिकााना पूछे। उसके शहर का पता पाना कोई कठिन काम नहीं है। फिर उसके शहर में पहुंचकर तो वह किसी भी तरह नीली का पता चला ही लेगा। आखिर नीली कब तक उससे छिप सकेगी?

और अभी अपने चाहा ही था कि वह पलट पड़े परन्तु तभी उसकी नजर ठिठक गई। वह चौंक पड़ा। उसने देखा- दूर झील के उस पार से, जहां पहाड़ों का बसेरा था, इस चांदनी में कोई वस्तु बहुत धीमे-धीमे बहती हुई उसी की ओर चली आ रही है। उसके पग जहों के तहां रुक गए। दिल जोर-जोर से धड़कने लगा और जैसे-जैसे वह वस्तु उसकी ओर बढ़ती गई, उसके दिल की गति भी तेज होती गई।

लड़खड़ाते पगों से वह झील के समीप आया- बिल्कुल ही किनारे, जहां की मिट्टी मुलायम तथा गीली-गीली-सी थी और जहां का ठंडा पानी रह-रहकर उसके कदमों को छू जाता था। समीप ही नीली का शिकार पानी की खामोश नन्हीं-नन्हीं लहरों पर कांप रहा था। उसकी दृष्टि बिल्कुल सीधी, उस बहती हुई वसतु पर गड़ी हुई थी। मन में विचित्र-विचित्र शंकाए उठने लगी थी।

वह वस्तु पास आ रही थी- आती रही- बहुत धीमे-धीमे, देखने से वह एक लकड़ी के छोटे लट्ठे के समान प्रकट हो रही थी, परन्तु फिर भी उसका दिल बुरी तरह धड़कने लगा। वह वस्तु आई और समीप- और समीप और

फिर आकर वह ठीक उसके कदमों से लगकर ठहर गई। एक झटके के साथ पानी की चंद बूंदें छिटककर उसके घुटनों को भी भिगो गई।

पूरे चन्द्रमा के भरपूर झागदार प्रकाश में उसने झुककर देखा। यह एक लाश थी- एक नारी की लाश- फूली, गली सड़ी तथा बदबूदार लाश, जिसे पानी के पशुओं तथा निर्दयी कौवों और गिद्धों ने नोंच-नोंचकर इस बुरी तरह खा लिया था कि उसे कोई नहीं पहचान सकता था। दोनों आंखें गायब थी, बाई ओर का गल कान के नीचे तक छिछड़ा बनकर लटक रहा था, गर्दन के अंदर तक का मांस छलनी हो रहा था। सफेद-सफेद नसें बाहर को लटक रही थी। केवल होंठ ही बचे हुए थे, शायद इसीलिए कि उस पर और किसी के प्यार की मुहर थी। लाश शायद शाम से कुछ पहले ही फूलकर पानी की सतह पर उभरी थी, इसलिए कौवों और गिद्धों से इतनी बच सकी थी और वह देखता ही रह गया- फटे-फटे दिल से, मानो वह छाती को फाड़कर बाहर निकल आएगा।

यह नीली थी। नीली! वह इसे क्यों नहीं पहचानता? इसकी तो छाया भी देख ले तो कह सकता है कि यह नीली है, उसकी अपनी नीली अपनी जान, अपनी आतम, जिसके प्यार में उसने अपने जीवन में पहली बार दिल की गहराई से धड़कनें प्रतीत की थीं। नीली- उसके शरीर पर वही पहाड़ी वस्त्र था जिसे वह प्रायः पहनकर उसके पास आया करती थी। उसी प्रकार उसकी कमर में अब तक वह कटार घुसी हुई थी। जिस पर अपनी रक्षा का उसे बड़ा अभिमान था।

उसकी आंखों में आंसू छलक आए। फूट-फूटकर वह रो पड़ा। आंसुओं के तार आंखों की गांठ से बंधकर लम्बे होते चले गए। वह पागल हो उठा।

प्यार की दीवानगी में पड़कर वह सब-कुछ भूल गया- अपना अस्तित्व, अपना गौरव, अपना वंश। वहीं बैठकर लाश से लिपट गया। हिचकियां ले-लेकर रोने लगा। उसकी सिसकियां सुनकर सारा वातावरण तड़प उठा, आसपास की सभी वस्तुएं, सारी ही दृश्य प्यार की इस दीवानगी को देखकर सिसर पड़े। उसके आंसुओं के हवाएं भीग गई।

वह नीली के फूले और बदबूदार गाल पर अपना गाल रगड़ने लगा। आपे से बाहर होकर जब उसने उसके बचे हुए होंठ पर प्यार करने को अपने होंठ रखे तो नीली के होंठ फट गए, वहां से गंदा पानी तथा पीप बह निकला। गंध से वातावरण गंदा हो गया, परन्तु उसने किसी भी बात की परवाह नहीं की।

वह रोता रहा- रोता रहा- नीली के शव से लिपटकर वह उसे प्यार करता रहा। उसका सारा ओवरकोट भीग गया और इस प्रकार बहुत समय बीत गया।

ठंड बढ़ती जा रही थी। आसपास के दृश्य मद्धिम पड़ते जा रहे थे। अपने आंसुओं को छिपाने के लिए उन्हें अंधकार के दामन की आवश्यकता थी। उसने दृष्टि उठाकर ऊपर देखा। बदली छा रही थी। चन्द्रमा भी अब अपना कर्तव्य निभकर छिप जाना चाहता था। तारे भी छिप-छिपकर सिसकियां लेने लगे थे।

उसने अपना ओवरकोट उतारा। नीली की लाश को छानते हुए उसने उसे उसके शिकार में लिटाया, बहुत सावधानी से बहुत कोमलता से, मानो अब भी उसके अंदर जान है, झटका पाकर उसके कोमल शरीर पर खराश न पढ़ जाए। फिर वह बची-खुची चांदनी का सहारा लेकर डाक बंगले की ओर लपका। दौड़ता, भागता तथा हांफता हुआ जब वह वापस आया तो उसके हाथ में कुदाल थी। शिकारे की रस्सी खोलकर वह उस पर सवार हुआ और चप्पू संभाल लिए। उसे याद आया ऐसी ही एक रात थी जब इसी शिकारें पर उसने नीली के साथ अपनी सुहागरात मनाई थी- आज वह रात एक सपना बनकर रह गई है। जल्दी-जल्दी शिकारा खेता हुआ वह झील के उस पार पहुंचा। शिकारा किनारे लगाकर उसने कुदाल कंधे पर लटकाई और दोनों हाथों में नीली की लाश संभाले वह उन पहाड़ों की गोद में लुप्त हो गया, जहां एक दिन उसका प्रेम पनपकर अपने यौवन पर आ गया था और जहां वह यौवन अब दीवानगी की सीमा भी पार कर चुकी थी।

लाश को उसने एक ओर रखा। बर्फ की चट्टान में उसने एक कब्र खोदी और फिर अपनी नीली को उसने अपने पूरे अरमानों के साथ इसमें दफन कर दिया- अपने ओवरकोट समेत ही। लाश पर बर्फ का ढेर डालने से पहले उसने कई बार फिर इसे दीवानों के समान चूम लिया था। नीली-उसकी नीली- आह!

अचानक एक बहुत बड़ा तूफान उठा। ऐसी प्रतीत होता था मानो बादल फूटकर रो पड़ेंगे। बिजलियां बहुत तेज कड़क उठीं। बादलों की गरज से सारा इलाका कांप गया। चारों ओर घटाघोप अंधकार छा रहा था। यह अंधकार गम की अधिकता को सदा के लिए निगल जाना चाहता था। हवाएं तेज होती गई। बर्फ के रेशे हवा में छितर-छितरकर फूलों के समान उड़ने लगे तो वह वहां से उठा। सिसकता, रोता, बिलखता, वह नीली के शिकारे पर वापस आया और

एक हारे हुए जुआरी के समान इसके अंदर धंस गया। जीवन की सारी कामनाएं प्यार और मुहब्बत की भेंट चढ़कर उससे सदा-सदा के लिए छिन गई।

उस दिन के बाद कब्र एक भेद बन गई, जिसके सिरहाने एक पत्थर पर एक मिट्टी का दीपक रखकर वह रोजाना ही केवल इसलिए जलाया करता था ताकि नीली की याद को वह सदा जीवित रख सके- वही उसका प्रेम था, प्रेम का एक ठोस प्रमाण था, यही उसके उन पापों की सजा थी जो उसने नीली के साथ ही नहीं वरन् रूपा के साथ भी किये, उसने दोनों के साथ ही अन्याय किया था और इसीलिए वह इस प्रकार अपने पापों का प्रायश्चित करके मानसिक मुक्ति पा लेना चाहता था।

बाईस वर्ष- बाईस वर्ष तक वह नीली की कब्र की पूजा कटता रहा, शायद इसी प्रकार अपनी सजा काटते-काटते उसका सारा जीवन व्यतीत हो जाता, परन्तु आज, आज शाम जब एक शहरी जोड़ा उसकी नाव पर सैर करने आया तो उसे वास्तविकता का ज्ञान हुआ कि आज से बाईस वर्ष पहले इस झील में रात के समय जो गली-सड़ी और बदबूदार लाश उसने पाई थी, वह नीली की लाश नहीं थी, वह तो किसी और अज्ञात लड़की की लाश थी जिसको एक साधारण पहाड़ी वेशभूषा में पाकर वह अपनी दीवानगी के कारण ठीक तरह पहचान नहीं सका था।

ऐसी घटनाएं तो बूटी नगर में प्रायः होती ही रहती थीं। नीली जीवित है. .. नीली जीवित है... नीली जीवित है। अपनी मनोकामनाएं पूरी करने के लिए उसने दूसरे साधन जुटा लिए है। उफ् इतना बड़ा धोखा!! मक्कार आवारा, सुन्दरता के भष में नागिन, फूल के रूप में जहरीला कांटा, अमृत की मिठास में जहर, बर्फ की ठण्डक में आग!

वह लड़की जो आई थी वह कौन थी? वह कौन थी? नीली की ही बेटी! उसकी अपनी बेटी, उसका अपना रक्त! और वह उसे अपने गले भी नहीं लगा सका, उसे अपना भेद तक नहीं बता सका। वह लड़की कितनी सुन्दर है! बिल्कुल अपनी मां के समान, बिल्कुल नीली के समान!

उसकी आंखों में आंसू आ गए... अपनी नादानी पर अपनी दीवानगी पर, जिसकी याद का साहारा लिए वह अब तक तड़प-तड़पकर जी रहा था, जीवन की अंतिम घड़ियां गिन रहा था। नीली! कितनी बड़ी सजा उसने उसे दी है, किस अनोखे ढंग से मानो प्रकृति ने उससे एक नारी के अपमान का बदला दूसरी नारी द्वारा ही ले लिया है। रूपा की हाय उसे खा ही गई। वह कहीं का

भी नहीं रहा- कहीं का भी नहीं। उसने रूपा को तड़पाया और नीली उसे तड़पाने के लिए स्वयं किसी दूसरे पुरुष के साथ चली गई। हाय रे जीवन का फेरा! प्रकृति के भेद? मनुष्य अपने कर्मों का फल कितने अनोखे ढंग से पाता है- शायद ऐसी ही घटनाओं से भगवान के अस्तित्व का पता चलता है।

उस बदबूदार तथा गली-सड़ी लाश का दृश्य जब उसकी आंखों के सामने आया तो उसे मितली-सी आ गई। उसने घृणा से एक ओर को थूक दिया जो उस पर, उसके प्यार, उसके विश्वास पर खामोश ठहाका लगाता हुआ बुलबुले के समान पानी की सतह पर गुम हो गया।

उसने चप्पू संभाल लिए। एक झटके के साथ उसने शिकारे को तेज किया। उसने देखा, चन्द्रमा बहुत ऊपर आ चुका है- नील नगर इसके झाग में डूबा दूर-दूर तक बिजली के प्रकाश में रंगीन दिखाई पड़ रहा है। शहर की शेष चहल-पहल मोटर गाड़ियों से हॉर्न की आवाजें अब तक उसके कानों में आ रही है। झील पर भी कुछ नावें तैरकर यात्रियों को दृश्य की सैर करा रही है।

आंखें में आंसू होने के पश्चात् भी वह मुस्करा दिया, इस प्रकार मानो अपने ही दीवानेपन का वह उपहास उड़ा रहा हो। एक ठहाका लगाकर वह जोर से हंस पड़ा, पागलों के समान, कि आसपास की नाविक तथा उनकी नावों में बैठे यात्री भी उस पर हंस पड़े। यह पहाड़, झील, किनारे, चन्द्रमा तथा सितारे, देवदार तथा चिनार, जो कुछ भी यहां थे, उसके प्यार का अट्टहास बनाने लगे। उसने प्रतीत किया, पहाड़ों की इस ठंड में अब दिल की शांति जरा भी नहीं रही। यहां तो शरीर को जला देने वाले शोले हैं और इन शोलों के बीच उसका शरीर तप रहा है, झुलस रहा है। चारों ओर अंगारे दहक रहे हैं- बर्फ के अंगारे, जिनमें ऐसी सख्त आग है कि जिसे सहन नहीं किया जा सकता।

ठहाका लगाते-लगाते वह सिसक पड़ा। आंखों के आंसू गालों पर आकर बहने लगे। उसके गंभीर होंठों पर सिसकियां ङीरी। यह फड़फड़ाए तो एक आवाज उत्पन्न हुई, एक गुनगुनाहट निकली- बहुत ही दर्द भरी-आंसुओं-सी भीगी-भीगी, धीमी-धीमे बिखरकर यह झील की सतह पर दूर-दूर तक तैरती चली गई। इस गुनगुनाहट ने शब्दों का रूप धारण कर लिया- वह गाने लगा, वही धुन, वही गीत, वही संगीत जो आज से लगभग बाईस वर्ष पहले वह इसी शिकारे पर ऐसी ही रात में, ऐसे ही समय गाया करता था। परन्तु आज

उसकी आवाज में कुछ विशेष्ज्ञ ही अंतर था- मानो टूटे हुए साज से एक अत्यंत दर्द भरा स्वर उत्पन्न हो रहा है-

छाया बस घनघोर अंधेरा,
कहां वह शबनम, कहां सवेरा?
चिड़ियों की चहकार कहां अब,
कहां रहा वह हेरा-फेरा?
और पानी की छप...छप...छप,
और लहरों की टुन...टुन...टुन।
और हवाओं की गुन...गुन...गुन...।

और हर उत्पन्न होता स्वर उसके संगीत को मिल-जुलकर लाल का सहारा दे रहा था और वह गाता ही गया-गाता ही गया- वहां तक कि उसके दिल से निकली दर्द भरी पुकार सुनकर लोग समीप खिंच आए, उसके चारों ओर छा गए। यात्रियों ने उसकी तस्वीरें भी खींचनी आरंभ कर दी। कुछेक ने उसकी आवाज टेप भी कर लो। उसके संगीत से मुग्ध होकर यात्रियों ने बहुत ध्यान से अपने कान उसकी आवाज पर लगा रखे थे। परन्तु उसे किसी की भी चिन्ता नहीं रही। अपने आप मे ंवह इतना अधिक खो चुका था कि उसे अपने चारों ओर किसी की उपस्थिति का ज्ञान तक नहीं हुआ। वह गा रहा था- केवल गा रहा था, आंखों में आंसू लिए, होंठों पर एक भेद भरी कम्पन लिए। उसका संगीत सुनकर लगभग सभी यात्रियों की आंखें छलक आई थीं।

उस दिन के बाद वहां के निवासियों ने रात के समय दूर से झील के उस पार कभी कोई जलता हुआ दीपक नहीं देखा। सुबह पहुंचकर उसके चारों ओर झाड़ू द्वारा की गई सफाई नहीं पाई। बर्फ के फूल अब सूखी पत्तियों के समान बिखरे-बिखरे दिखाई पड़ने लगे। ऐसा लगता था मानो इसका कोई छिपा हुआ पुजारी एक भेद बनकर सदा-सदा के लिए यहां से गुम हो गया है।

और जब एक दिन इस मजार का महत्व घटने लगा तो वहां के निवासियों ने पैसे एकत्र करके इस मजार को पक्की बनवा दिया।

वह बूटी नगर अब भी नील नग है- वह पक्की मजार अब भी नील नगर का विशेष आकर्षण है जहां लोग दूर-दूर से आकर मन्नतें मनाते हैं, भेंट चढ़ाते हैं, प्यार व मोहब्बत का इकरार करते हैं। इसके सिरहाने रखे दीपक में कोई

न कोई भटका दीवाना आकर तेल डाल देता है, लौ जला देता है। यहां पर अब भी रात भर की पड़ी हुई बर्फ सुबह फूल के समान खिल उठती है, परन्तु वह जानता है यह मजार एक गलत विश्वा की नींव है, इसका आकर्षण सरासर झूठा है। वह जानता है कि इस पर रात भर की पड़ी बर्फ सुबह फूल नहीं बनती, यह तो अंगारे हैं- बर्फ के अंगारे- केवल बर्फ के अंगारे जो अब कभी भी नहीं बुझेंगे- कभी भी नहीं।

■■■

व्यक्तित्व विकास

डायमंड बुक्स X-30, ओखला इंडस्ट्रियल एरिया, फेज-II नई दिल्ली-110020 फोन : 011-40712200
ई-मेल : sales@dpb.in Shop online at www.diamondbook.in

डायमंड में प्रकाशित श्रेष्ठ साहित्य

डायमंड बुक्स X-30, ओखला इंडस्ट्रियल एरिया, फेज-II नई दिल्ली-110020 फोन : 011-40712200
ई-मेल : sales@dpb.in Shop online at www.diamondbook.in

www.ingramcontent.com/pod-product-compliance
Ingram Content Group UK Ltd.
Pitfield, Milton Keynes, MK11 3LW, UK
UKHW040032200726
13854UKWH00001B/489

9 789356 847811